잠깐의 생

잠깐의 생

1판 1쇄 발행 2015년 7월 28일 **1판 2쇄 발행** 2015년 10월 2일

지은이 김재진
발행처 꿈꾸는서재 **발행인** 황은희, 장건태
디자인 달하노피곰도다샤 **제작** 제이오엘앤피
주소 경기도 일산동구 백마로 195 SK엠시티오피스 일반동 6001-1A(410-839)
등록 2015년 3월 10일(제2015-000055호)
전화 031)901-8835 **팩스** 031)901-8867 **전자우편** info@suobooks.com
홈페이지 www.suobooks.com
ISBN 979-11-953221-5-2 03810 책값은 뒤표지에 있습니다.

이 도서의 국립중앙도서관 출판시도서목록 (CIP)은 서지정보유통지원시스템 홈페이지(http://seoji.nl.go.kr)와
국가자료공동목록시스템(http://www.nl.go.kr/kolisnet)에서 이용하실 수 있습니다. (CIP제어번호 : CIP2015019338)

잠깐의 생

영원한 성장동화

김재진 지음

꿈꾸는서재

20년 뒤, 나는 사라질지 모른다.

30년 뒤, 나는 이미 사라지고 없을 것이다.

40년 뒤, 나는 흔적조차 없을 것이다.

고통 속에 인생을 배우는 사람들께,

가진 것 없어서 잃을 것 없는 사람들께,

사랑한다는 한마디에

어둡고 먼 길을 단숨에 달려오는

따뜻해서 외로운 사람들께,

영원히 늙지 않는 내 안의 아이에게 이 책을 바친다.

차

례

잠
깐
의

생

가르쳐주지 않은 이름

지나고 나서 다시 읽어보면 가슴 찡한 편지가 있다.
지나고 나서 다시 불러보면 가슴 찡한 이름이 있다.
바람이 차가워 코끝이 빨개진 날
김 오르는 찻잔처럼 따뜻해지는
살다 보면 잊지 못할 그런 순간이 있다.

이름 없는 한 시인이 남긴 메모입니다. 메모가 아니라 시인지도 모릅니다. 지금 그 시인이 어디서 무얼 하고 있는지는 알 수 없습니다.

이름 없다는 말 그대로 그는 누구에게도 이름을 가르쳐주지 않았기 때문입니다. 시인지 메모인지 알 수 없는 몇 줄의 글만 남겼을 뿐 아직 그가 시를 쓰고 있는지, 아니면 시라는 걸 까맣게 잊어버렸는지 아는 사람은 아무도 없습니다.

그가 생각에 잠겨 앉아 있던 그곳도 이젠 몰라보게 변했습니다. 향수 어린 간이역이 사라지고 없는 지금, 그가 즐겨 앉던 나무의자가 그대로 그 자리에 놓여 있는지 아니면 그마저 사라지고 남은 것이 없는지 한동안 그곳을 찾지 않은 사람으로선 알 수가 없습니다.

잘 자란 토끼풀이 잔디처럼 깔려 있고, 살구나무와 단풍나무가 철 따라 옷을 바꿔 입는 철길 근처 조그만 공원이 그가 찾던 공간입니다. 거기서 놀랍게도 그는 마음을 나눌 수 있는 잠자리 한 마리를 만났던 것입니다.

눈부신 풀잎들이 내 안에 자랍니다.

사각사각

좌절과 실의로 힘들어도
한순간에 우린
진주가 될 수 있는 존재다.

그늘 속에 서 있어도 땀이 흐르던 뜨거운 여름이 가고, 계절이 또
한 번 바뀔 무렵이었습니다.

나뭇가지 끝에 앉아 졸고 있던 푸른잠자리는 제풀에 놀라 바닥으
로 곤두박질칩니다.

"으, 으……."

진저리가 난다는 듯 잠자리는 애꿎은 하늘을 노려봅니다.

비행기를 따라가기 위해 죽을 힘을 다하다가 곤두박질친 건 꿈 속
에서만이 아닙니다. 비행기처럼 유연하게 고도를 높이려 했지만 힘

에 부쳐 포기한 것이 한두 번이 아닙니다.

구름 한 점 없이 파랗게 갠 하늘 위로 은빛 날개를 편 비행기가 날아가고 있습니다. 푸른잠자리는 지금 심한 열등감에 빠져 있습니다. 비행기를 따라가기 위해 죽도록 비행연습을 했지만 결과는 언제나 참담했습니다.

"내가 뭐랬냐. 못 올라갈 나무는 오르지 않는 게 낫지. 뱁새가 황새를 따라가려면 가랑이가 찢어지는 법이야."

곤두박질치는 푸른잠자리를 볼 때마다 그렇게 나무라는 건 친구 잠자리입니다. 스스로 현실주의자라 자처하는 그는 숫자를 근거로 자신의 주장을 내세우길 좋아합니다.

"뱁새는 몸뚱이가 15센티도 안 되는 작은 새야. 날개 길이는 5센티, 꼬리는 6센티 정도지. 그런 뱁새가 날개 폭이 2미터나 되는 황새를 어떻게 따라갈 수 있겠니? 하물며 뱁새보다 더 작은 날개를 가진 잠자리가 비행기를 따라잡는다는 건 헛된 꿈이야."

잠자리현실주의자의 말을 듣는 순간 푸른잠자리는 고개를 떨굽니다. 아무리 비행연습을 해도 비행기를 따라갈 수 없다는 좌절감에 날개를 찢어버리고 싶을 때도 많습니다.

그러나 현실주의자의 빈정거림을 순순히 받아들이기엔 푸른잠자리의 자존심 또한 만만치가 않습니다.

"넌 내가 무모하게 보이겠지만, 헛된 꿈이라고 해도 나한텐 미치도록 중요해."

"아무리 중요하다고 해도 세상엔 불가능한 일이 있어. 현명한 이는 그걸 빨리 인정하고 현실적인 길을 찾지."

"그렇지만 매사에 자신감을 갖고 도전하는 것이 성공의 열쇠라는 말도 넌 못 들어봤니?"

"그건 인간들이 하는 말이지 현실이 꼭 그런 것은 아니야. 스티븐 코비라는 인간이 말하길, 삶을 바꾸기 위해선 90대 10의 원칙이라는 걸 알아야 한다고 했어. 네가 말하는 자신감이라는 게 바로 그 90에 해당되는 거지. 삶에서 일어나는 사건 중 90퍼센트는 내가 어떻게 반응하느냐에 따라 결과가 달라진다고 하니 자신감이 있는 이와 그렇지 않은 이의 반응은 당연히 차이가 날 수밖에 없지. 그러나 문제는 나머지 10이라는 숫자야. 그 10은 통제할 수 없이 일어나는 돌발적인 사건이나 불가항력적인 일을 가리키는 숫자거든. 너에겐 지금 비행기가 바로 그 10에 해당되는 일이야."

잠자리현실주의자의 이야기를 듣는 동안 푸른잠자리의 시름은 더욱 깊어갑니다.

"현실을 깨달아야 해. 비행기를 따라가겠다는 꿈은 꿈이 아니라 망상이야. 망상은 많을수록 해로운 법이지. 많이 가지면 가질수록 스스로를 망가지게 한다는 점에서 그건 돈과 다르지 않아."

부잣집 정원의 잘 가꾼 정원수 위에 앉아 노는 걸 즐기는 잠자리현실주의자는 돈 많은 이의 생태를 누구보다 잘 알고 있다는 듯 그렇게 말합니다.

"너무 많은 돈이란 너무 높이 날아가는 비행기와 마찬가지야. 높으면 높을수록 땅과 멀어지는 비행기처럼 돈도 많으면 많을수록 가까운 이들과 멀어지게 돼."

"그래서 넌 친구도 없이 나무 위에 앉아 그렇게 놀기만 하는 거니?"

"노는 게 아니라 삶의 여유를 찾는 거지. 성공은 돈이 얼마나 많은 건가에 달려 있는 것이 아니고 얼마나 행복한가에 달려 있다는 걸 난 잘 알고 있거든. 여유 없는 삶이란 결코 행복한 삶이 될 수 없어."

비행기를 따라잡겠다는 열망으로 가득 찬 푸른잠자리에게 현실주의자의 이야기는 별반 도움이 되지 않았습니다. 엉망이 된 기분을 누군가에게 토해내고 싶지만 자신의 말을 들어줄 누군가가 지금 푸른잠자리 주변엔 없습니다. 아무도 자신의 마음을 알아주지 못한다는 외로움 때문에 푸른잠자리는 날아다니면서도 마음이 텅 비어 있습니다.

-사각사각, 사각사각

그때 어디서 소리 하나가 날아왔습니다.

"무슨 소리지?"

모시옷 벗는 소리 같기도 하고, 눈 위를 누군가 조심조심 걸어가는 것 같기도 한 그 소리.

바람을 이용해 푸른잠자리는 좀 더 아래쪽으로 내려갑니다.

"겨울도 아닌데 웬 눈 밟는 소리가 나는 거지?"

눈길을 걷는 듯한 그 소리는 살구나무 아래서 들려왔습니다.

물론 잠자리가 눈 밟는 소리를 알고 있을 리 없습니다. 한 철만 살다 세상 떠나는 잠자리에게 겨울이란 존재하지 않는 계절입니다. 그런 소리가 있다는 사실을 알려준 건 매미입니다.

"땅속에서 몇 번이나 그 소리를 들었어. 사람들은 뽀드득뽀드득이라고 말하는데 내 귀엔 그저 사각사각이라고 들려. 땅 위의 세상과 땅 밑의 세상은 그렇게 소리부터 차이가 나지."

아무것도 모르는 푸른잠자리를 향해 매미는 중요한 비밀이라도 가르쳐주듯 은밀하게 말합니다.

"입장이나 처지가 다르면 들리는 소리뿐만 아니라 모든 게 다르게 느껴져. 관점이 달라지는 것도 그 때문이야."

"관점이 무슨 말이죠, 매미 아저씨?"

"독수리가 보는 세상과 잠자리가 보는 세상은 다르게 보인다는 말이야. 그게 관점이지. 관점이 다르면 똑같은 세상도 다르게 경험돼."

"그러니까 관점이란 독수리와 잠자리의 차이를 가리키는 말이군요?"

"그렇지. 어떤 높이에서 바라보느냐에 따라 차이가 나는 게 관점이지. 우린 늘 인간의 머리 꼭대기에 있으니 그들이 무슨 생각을 하고 있는지 훤하게 알고 있잖아?"

"맞아요, 매미 아저씨. 인간이 하는 생각은 조금만 고도를 낮춰보면 다 알 수 있어요. 조금만 낮게 날아도 인간은 금방 우리를 낚아채려는 유혹에 빠지더라고요."

자신을 낚아채려 손을 휘젓던 인간을 생각하며 푸른잠자리가 맞장구를 칩니다.

"땅바닥에서만 살다 보니 인간은 올바른 관점을 갖기가 쉽지 않아. 관점이 차이 난다는 사실을 인정하지 못해서 인간들은 토론을 한다고 모여 앉아선 싸우기만 해. 조금만 높이 올라가 봐도 바닥에서 벌어지는 일들이 얼마나 부질없는 것인 줄 알 수 있을 텐데 말이야."

인간 세상의 일들이 참으로 한심하다는 듯 매미는 혀 차는 소리까지 냅니다.

"높이 올라갈수록 그럼 올바른 관점을 가질 수 있는 건가요?"

비행기를 떠올리며 잠자리가 묻습니다.

"높이도 중요하지만 더 중요한 건 경험이야. 경험이 많아야 올바른 관점을 얻을 수가 있어. 매미가 세상에서 가장 훌륭한 생명체일 수 있는 건 바로 그런 경험을 가지고 있기 때문이야. 긴 세월을 땅속에서 살다가 나왔으니 경험이 풍부해질 수밖에 없지."

성충이 되기까지 오랜 시간을 땅속에서 견뎌냈다는 자긍심으로 매미는 큰소리치며 말합니다.

"눈 밟는 소리를 뽀드득뽀드득이라고 하는 인간의 말을 난 믿지 않아. 그들은 지하의 삶을 경험해보지 않았으니 사각사각이란 말을 알 리가 없는 거지. 세상은 결국 자기가 경험한 만큼만 들리고 보이는 법이야."

눈 밟는 소리를 모르는 잠자리로선 매미가 하는 말을 잠자코 수용할 수밖에 없습니다. 그런 매미를 향해 볼멘소리를 낸 건 잠자리현실주의자입니다.

"남이 모르는 걸 알고 있다고 큰소리를 치는 건 오만한 행동이야. 매미가 떠드는 소리가 얼마나 큰 줄 아니? 기계로 측정하면 120데시

벨까지 올라가. 기차나 전철이 달리는 소리만큼 큰소리를 낸단 말이야. 깊은 물은 소리를 내지 않고, 뿌리 깊은 나무는 웬만한 바람엔 흔들리지도 않아. 소리 없이 날고 있는 잠자리들을 좀 봐."

–사각 사각 사각

사각거리는 소리에 눈 밟는 소리를 떠올리던 푸른잠자리는 다시 소리가 나는 살구나무 쪽을 향해 날아갑니다.

사람보다 먼저 눈에 띈 건 모자였습니다. 살구나무 그늘 아래 모자를 쓴 남자 하나가 앉아 있습니다.

"아저씨, 뭐하시는 거예요? 손에 쥔 그 작은 막대기는 또 뭐예요?"

사각 사각 소리를 내며 노트 위를 굴러가는 연필이 궁금해진 잠자리는 조금 더 하강하며 남자에게 다가갑니다.

"설마 손가락에 쥐고 있는 그 작은 막대기로 날 잡으려고 하진 않겠죠, 아저씨?"

잠자리를 잡겠다고 장대를 휘두르던 아이들을 떠올리며 푸른잠자리가 말합니다. 그러나 위험을 느끼면서도 푸른잠자리는 사람들에게 다가가고 싶어 합니다. 고독한 잠자리는 마음이 통하는 누군가가 그리운 것입니다.

"외롭기 때문이야. 살아 있는 모든 것은 다 외로워. 내가 다가가는 것이 아니라 내 안에 있는 외로움이 다가가는 거야."

그렇게 중얼거리자 잠자리는 쓸쓸한 마음이 듭니다.

그러나 외로운 건 잠자리만이 아닙니다. 줄지어 날아가는 기러기 떼, 가지 끝에 매달려 있는 나뭇잎 하나, 해 지기 전에 미리 나와 반짝이는 초저녁별…… 아무리 높은 자리를 차지하고 있다 해도 존재하는 모든 것은 외롭습니다.

인간 또한 마찬가지입니다. 높은 자리에 올라앉아 거드름 핀다 해도 들여다보면 그들의 내면 또한 외롭지 않은 이는 드뭅니다.

"그래, 네 생각이 맞다. 알고 보면 모두가 다 외로운 존재들이지. 네가 내게 말 걸어오는 것도 외로움 때문이란 것을 난 알고 있단다."

푸른잠자리는 깜짝 놀랐습니다. 고개 숙이고 있던 남자가 갑자기 고개를 들며 대답을 한 것입니다.

"물론 난 너를 해칠 생각이 없어. 그러니 안심해도 돼. 손에 쥐고 있는 이 연필은 뭔가를 잡는데 쓰는 게 아니야."

부드럽지만 깊은 고민의 흔적이 남아 있는 눈매입니다. 처음으로 자신의 말을 알아듣는 인간을 만났다는 사실에 놀란 잠자리가 남자의 어깨 위로 포르르 내려앉았습니다.

"참 이상한 일이다. 참 이상한 일이야. 내 말을 알아듣는 사람이 있다니. 도대체 아저씬 어떻게 내 말을 알아들을 수 있나요?"

"네가 진심으로 내게 말을 걸어왔으니까. 진심으로 하는 말은 상대를 움직인단다."

"아저씨는 특별한 능력을 가진 사람이군요?"

"특별한 능력? 그런 건 아니야."

"잠자리가 하는 말을 알아들을 수 있다는 게 특별한 능력 아니면 뭐겠어요?"

"그래. 특별하다면 특별하겠지. 난 사실 인간의 말을 이해하지 못할 때가 많으니까. 인간이 하는 말엔 냄새가 나."

악취라도 맡은 듯 남자의 미간이 찌푸려집니다.

"말에서 냄새가 난다고요?"

"몰랐니? 진실하지 않은 말에선 악취가 나."

악취라는 말을 듣자 잠자리는 쓰레기장 위를 날아가던 기억에 고개를 절레절레 흔듭니다.

"어떻게 해야 악취를 없애죠?"

"그건 간단해. 단지 마음의 문을 열어놓기만 하면 되지. 마음도 환기를 자주 해야 해. 마음의 문을 열어야 악취가 없어지는 거야."

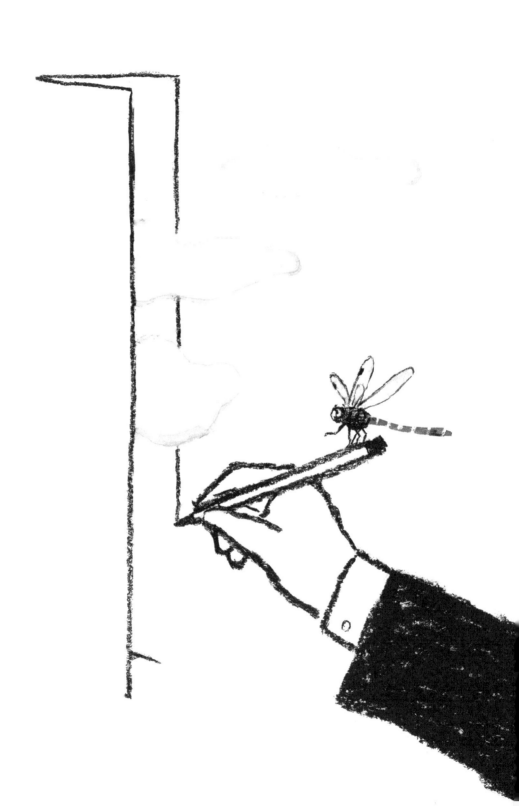

마음도 환기를 자주 해야 해.

마음의 문을 열어야 세상이 달라지지.

문이라는 말을 듣자 푸른잠자리는 문 열린 집 안으로 들어가면 살아나오기 힘들다던 잠자리현실주의자의 말을 떠올립니다.

"그렇지만 문을 열면 위험해요. 문 열린 집은 위험하다고요. 우리 같은 잠자리는 한번 들어가면 살아나오기 힘들어요."

두려운 마음에 푸른잠자리는 퉁명한 소리로 말합니다.

"내가 말한 건 그런 문이 아니야. 마음엔 사실 문이 없어. 벽도 없고."

"그러면 마음의 문이라고 한 건 뭐예요?"

"그건 스스로 채워놓은 보이지 않는 자물쇠 같은 거란다. 알고 보면 마음은 걸릴 데가 없어서 어디든 마음대로 날아갈 수 있는데도 사람들은 그걸 열지 못해서 늘 힘들어하지."

두려워하는 잠자리의 마음을 다독거리듯 남자는 온화한 표정으로 설명합니다.

"마음대로 날아갈 수 있다고요? 날개가 없는데도 날아갈 수가 있다는 말인가요?"

"그게 마음의 힘이란다. 마음의 속도는 빛보다 빨라. 간절하게 마음먹기만 하면 어느새 날아가 상대에게 전달되지."

그제야 잠자리는 깨닫습니다. 말한 적도 없는데 매미는 마음의 속도 때문에 매번 잠자리현실주의자가 자기를 못마땅하게 여긴다는 것을 알았던 것입니다.

"그런데 아저씨, 지금 아저씨가 하고 있는 이 일은 무엇인가요?"

"이거? 글 쓰는 일, 이거 말이니?"

노트 속엔 까만 글씨들이 적혀 있습니다. 노트 위로 내려앉던 잠자리는 글씨가 제 발자국인 줄 알고 깜짝 놀랍니다.

"발밑에서 저를 따라오는 거, 이건 뭐죠?"

"글씨란다. 방금 난 글을 쓰는 중이었어."

"글을 쓴다고요? 그건 또 뭐죠?"

"말이 아닌 다른 걸로 마음을 드러내는 일. 누군가에게 마음을 전하고 싶을 때 글을 쓰는 거야. 글이란 마음이 통하는 이들끼리 주고받는 편지 같은 것이지."

편지라는 말을 잠자리는 그때 처음 들었습니다.

"글을 읽고 공감하면 마음의 문이 열린단다. 공감이란 마음의 문을 여는 자동열쇠 같은 것이지. 내가 쓴 글을 읽고 누군가 마음의 문을 열 수만 있다면 참으로 보람 있는 일이 될 거야."

그 말을 하는 순간 남자의 눈이 밤바다의 등댓불이 켜지듯 반짝거렸습니다.

"글쓰기는 나를 지탱해주는 기둥과 같아. 글을 쓰면 세상이 주는 모욕을 견뎌낼 수 있으니까."

"그럼 글을 쓴다는 건 후박나무 이파리 같은 것인가 보군요. 비가 오면 난 후박나무 이파리 밑에 붙어 비가 그칠 때까지 견뎌내니까요."

"그렇구나. 네가 후박나무 이파리에 의지해 비를 피하듯 나는 글의 힘에 기대어 험한 세상을 이겨낸단다. 네가 후박나무 이파리를 믿듯 나는 글 쓰는 일에 커다란 신뢰를 가지고 있는 것이지."

남자가 하는 말에 끌려 푸른잠자리는 이제 그를 온전히 신뢰하고 있습니다.

"이것 보세요. 어느새 전 아저씨를 친구처럼 믿게 되었어요. 겁도 없이 이렇게 아저씨 앞에 앉아 있는 걸 보면요."

믿을 수 있는 대상이 생겼다는 사실에 푸른잠자리는 마음의 문이 어떻게 열리게 되는지 저절로 알게 되었습니다. 자신을 신뢰하는 누군가가 있다는 것, 내가 신뢰할 수 있는 그 누군가가 곁에 있다는 사실만으로도 마음의 문은 활짝 열리는 것입니다.

외로움의 비밀

눈 뜨면 외로워
라고 누군가가 말하네
눈 뜨면 외로워
살아 있는 그동안

외로움을 느낀 건 어제오늘 일이 아닙니다.

그러나 지금 푸른잠자리가 느끼는 외로움엔 이유가 있습니다.

가을이 깊어가기 때문에 그런 것이라 말하는 이도 있습니다.

그것 역시 틀린 말은 아닙니다. 엊그제까지 함께 날아다니던 친구들이 하나둘 사라진 자리에 빨갛게 물든 몸을 가진 잠자리가 늘어나고 있습니다.

한때 외로움을 잊기 위해 바쁘게 날아다녔던 적도 있습니다. 외로움 따윈 관심도 없다는 듯 바쁘게 움직이는 인간들이 부러웠기 때문입니다.

"바쁜 건 좋은 거야. 난 사람들을 이해할 수 있어. 바빠야 외롭지 않거든. 바쁜데 외로울 시간이 어디 있어. 외롭다는 건 바쁘지 않다는 말이나 다름없어."

그런 말을 한 건 기차였습니다. 출근하고 퇴근하는 사람들을 실어 나르는 기차는 누구보다 인간의 마음을 잘 안다는 자부심이 강합니다.

"안 그런 척하지만 사실은 모두가 외로운 거야. 지난번엔 어떤 술 취한 녀석이 이런 글을 내 몸뚱이에다 써두고 갔어. '인생엔 견뎌야 할 것들이 너무 많다.' 난 내 몸에 낙서하는 게 질색이지만 그 글은 왠지 공감이 가더군."

천천히 역사를 빠져나가기 시작하며 기차는 그렇게 말했습니다.

"지금은 그럴 일이 없지만 옛날 할아버지 때는 몸에 적어놓은 낙서만 모아도 책 한 권을 펴낼 정도였다고 해."

기차가 말하는 할아버지는 비둘기호라는 이름으로 오랫동안 사람들을 실어 나른 늙은 기차입니다.

"그럼 넌 정말 바빠서 외롭지 않은 거니?"

달리기 시작하는 기차의 콧잔등에 올라앉아 잠자리가 묻습니다.

"외로울 시간이 있어야 외롭지. 내가 가진 시간표 중에 외로움을 가리키는 시간은 없어. 내가 꼭 알아야 할 시간이란 몇 시에 출발하고, 몇 시까지 도착해야 한다는 것뿐이야. 그 많은 역마다 모두 출발을 하고 또 도착을 한다고 생각해봐. 외로울 틈이 어디 있겠니?"

"네 삶은 단순해서 좋겠구나."

"나처럼 한 가지 일에 빠져서 바쁘게 살아봐. 그러면 외롭지 않아. 외롭다는 말은 한가한 이들이 둘러대는 핑계 같은 것이야."

-바빠야 외롭지 않다.

그 말을 들은 뒤부터 푸른잠자리는 바쁘게 날아다니기 시작했습니다. 외로운 것보다 바쁜 게 낫다는 생각 때문이었습니다.

그것은 마치 조그만 단풍나무 잎에 붙어 비를 견뎌내다가 후박나무의 커다란 잎을 발견했을 때와 같은 느낌이었습니다. 심리적으로 안정을 찾은 잠자리는 이쪽저쪽 더 열심히 날아다녔습니다.

"푸른잠자리야, 도대체 넌 왜 그렇게 정신없이 바쁘게 날아다니기만 하니?"

바쁘게 다니는 푸른잠자리에게 말을 걸어온 건 까치였습니다. 그

날따라 까치는 푸르르, 창공을 향해 날아오르거나 종종걸음 치며 걷지도 않고 가지 끝에 걸터앉아 먼 산만 바라보고 있었습니다.

"바빠야 좋으니까요."

"바빠야 좋다니 그건 무슨 말이니?"

"바빠야 외로움을 느낄 틈이 없잖아요."

"잠자리도 외로움을 느끼니?"

뭔가 신기한 것을 발견한 듯 까치가 눈을 치켜뜹니다.

"까치 아줌마는 외로움을 느껴본 적 없으세요?"

"글쎄, 우린 외로움 같은 걸 느낄 필요가 없단다."

"그건 왜죠?"

"나처럼 보람 있는 일을 하면 외롭지 않아. 깍깍, 소리를 지르기만 해도 사람들이 반기는걸."

"보람 있는 일이라고요?"

"그래, 보람. 꽤나 희망적인 말이지."

바쁘게 날아다니느라 지쳐 있던 잠자리가 솔깃한 표정으로 까치를 바라봅니다.

"가르쳐주세요. 보람 있는 일은 어떻게 하는 건가요?"

"어려운 건 아니야. 아침마다 사람들의 집 앞으로 날아가 깍깍거리

고 울기만 하면 돼. 내 울음소리를 들은 사람들은 반가운 소식이 온
다고 기뻐하지. 상대가 기뻐할 때 느끼는 나의 기쁨, 그것이 바로 보
람이야. 하루 종일 가슴이 뿌듯해지는 일이지. 그러니 외로울 이유가
없어.”

늘 까만 연미복을 입고 있는 까치는 속에 흰 블라우스를 받쳐 입어
배가 하얗습니다. 보람 있는 일을 하고 있다는 자긍심으로 가득 찬
까치를 향해 잠자리는 주눅 든 소리로 물어봅니다.

“그렇지만 전 아줌마처럼 깍깍거리며 울 수가 없는걸요.”

“그건 당연한 일이지. 넌 잠자리지 까치가 아니니까. 깍깍거리며
울 수 있는 생명체는 세상에 까치밖에 없어.”

까치는 더욱더 자신에 대한 긍지로 어깨가 올라갑니다. 자긍심이
란 그렇게 자신이 하는 일에 얼마나 만족감을 느끼느냐에 따라 어깨
가 올라가는 엘리베이터 같은 것인가 봅니다.

“깍깍거리며 울 수도 없는 저는 그러면 어떻게 해야 보람 있는 일
을 할 수 있죠?”

푸른잠자리는 이제 보람 있는 일을 할 수 있는 방법을 가르쳐달라
고 까치를 조릅니다.

“모든 생명체는 저 나름대로 잘하는 일과 못하는 일이 있어. 너 또

한 할 수 있는 일이 분명 있긴 있을 거야."

간절한 잠자리의 마음을 느낀 까치는 으스대던 태도를 버리고 잠자리를 도울 방법을 찾습니다.

"그래, 그렇구나. 네가 할 수 있는 좋은 일이 생각났어. 너라면 능히 할 수 있는 일이야."

"뭔데요, 아줌마?"

"넌 몸이 가벼우니 쉽게 이쪽에서 저쪽으로 옮겨다닐 수 있어. 꽃 위에 앉아도 꽃들이 무거워하지도 않고. 무게 때문에 내가 하지 못하는 일을 넌 해낼 수 있을 거야. 바로 우체부 역할을 하는 거야."

"우체부라고요? 제가?"

"그래. 꽃들의 편지를 전달하는 거야. 매일 쓰기만 할 뿐 꽃들은 편지를 전달하지 못해 애태우고 있어. 바람이 가끔 그 일을 해주지만 너무 세차게 불어댈 때면 편지가 온통 엉망이 되어 찢어지고 말거든."

꽃들의 우체부가 되라는 말에 잠자리는 반색하며 좋아합니다. 향기에 취해 꽃 위에 앉아 있던 기억이 잠자리에겐 있습니다.

"아, 꽃들의 편지를 전달한다니 생각만 해도 신나는 일이네요. 꽃들과 마음이 통할 수 있다면 얼마나 좋을까요?"

"그래, 아름다운 일이야. 꽃들의 편지엔 향기로운 냄새가 나. 향기

가득한 그 편지를 네가 여기저기로 날라준다고 생각해봐. 얼마나 보람 있는 일이겠니. 세상에 향기를 싫어하는 이는 아무도 없단다. 꽃들을 돕는 일만으로도 넌 보람 있는 삶을 살게 될 거야."

계절마다 꽃들은 아름다운 얼굴을 뽐내며 피어납니다. 사시사철 제 몸에 맞는 옷을 갈아입는 꽃들은 여기저기 씨를 뿌려 자신의 일부를 세상으로 퍼트리거나 나비의 힘을 빌려 꽃가루를 전합니다. '나를 받아주세요, 내 몸의 일부를 받아주세요.' 꽃들의 편지는 그렇게 자신의 분신을 받아줄 이를 찾는 구애의 사연으로 가득합니다.

"꽃들의 편지를 배달하는 일이라니…… 아, 신나요, 신나! 정말 보람 있는 일이 될 거예요."

신이 난 푸른잠자리는 뱅뱅 돌며 허공을 날아오릅니다. 이제야 할 일을 찾았다는 기쁨이 용솟음쳐 올랐기 때문입니다.

"그렇지만 푸른잠자리야. 아무리 좋은 일이라도 너무 과하게 하진 말거라. 나처럼 하루에 한 번씩 아침 시간에만 깍깍거리며 규칙적으로 일하는 게 좋아. 내가 시도 때도 없이 사람들 창가에 가서 깍깍거리며 울어댄다고 생각해봐. 사람들은 이내 날 쫓아낼 거야."

시도 때도 없이 울어댄다는 말에 잠자리는 매미를 떠올렸습니다. 밤낮으로 맴맴거리는 소리에 짜증을 내며 불평하는 이들을 본 적이

누군가를 돕는 것만으로도

넌 보람 있는 삶을 살게 될 거야.

있기 때문입니다. 매미는 그런 이들을 향해 지상에만 살아봐서 남의 사정을 모른다고 했습니다.

-남을 살피는 마음이 없어서 그래. 우리가 잠도 못 자게 밤새도록 환하게 불 밝혀놓고 있는 건 누군데.

매미 이야기를 하자 까치도 매미의 사정을 알고 있다는 듯 한마디 거듭니다.

"바깥 세상에 나와서 얼마 살지도 못하는 매미가 딱하긴 해. 그렇지만 저렇게 소리만 질러대는 매미는 사색과는 거리가 먼 곤충이야. 죽을 때가 가까워지면 사색을 통해 자신을 성찰해야 되는데."

"사색이라구요?"

"그래, 삶의 깊이를 더하기 위해선 사색을 해야 하는 거야."

"그게 뭐죠?"

잠자리의 질문에 까치는 감나무가 있는 길 건너편을 가리킵니다.

"저쪽에 서 있는 감나무를 봐. 사색이란 감나무를 바라보며 미래를 생각하는 일이라고 할 수 있어."

"감나무를 보며 미래를 생각하다니요?"

"그게 다 홍시 때문이지. 아직은 떫기만 한 감들이 다 익게 되는 그 순간이 바로 내가 기다리는 미래야. 미래란 저 감나무의 감들이 홍시가 되는 그 순간을 뜻해. 잎이 다 떨어진 뒤 맛있는 홍시들만 가지 끝에 대롱대롱 매달리게 되는 그때를 기다리며 난 깊은 사색에 들어가는 거야."

그윽한 눈길로 까치가 감나무를 쳐다봅니다.

"감잎이 다 떨어진 뒤 남아 있는 공간에 기다림을 채워 넣는 것이 사색이야. 마음에 여백을 주는 일이지. 행복이란 바로 그런 것이란다. 즐거운 순간을 기다리는 마음의 여백. 그런 행복한 시간을 위해 사람들은 내가 먹을 홍시를 남겨둔단다. 그게 다 아침마다 내가 깍깍거리며 반가운 소식을 전해준 대가지. 그런데……."

흐뭇하게 감나무를 바라보던 까치의 목소리가 갑자기 불안하게 떨린 건 길 건너 바뀌는 풍경 때문입니다. 감나무 몇 그루가 서 있는 길 건너엔 집을 짓느라 공사가 한창입니다.

"저렇게 자꾸 건물이 들어서면 우린 갈 곳이 없어지게 돼. 해마다 주렁주렁 홍시가 달리는 저 감나무도 베어질지 모르고."

불안한 얼굴로 까치가 건너편을 봅니다. 여기저기 새 건물이 들어서는 길 건너 풍경은 하루가 다르게 바뀌고 있습니다. 조바심 내듯 종종걸음 치던 까치는 더 이상 참을 수 없다는 듯 푸르르, 감나무가 있는 쪽을 향해 날아가며 말합니다.

"안녕, 귀여운 잠자리야. 편지 배달부 노릇 잘해봐. 그리고 시간이 날 땐 감나무가 잘려 나가지 않도록 기도라도 해주면 고맙겠어. 감나무가 베어지면 펑펑 울게 될 거야. 난 맛있는 홍시를 오래오래 먹고 싶거든……."

인생의 시인

내가 삶에서 버림받을 때마다
그 아픔 속에서 꽃을 보게 하소서.
내가 누군가로부터 미움받을 때마다
외로움 속에서 혼자 서게 하소서.

"보람 있는 일을 하면 외롭지 않다? 그것 참 좋은 말이구나. 그런데 왜 꽃들의 편지를 전해주는 일은 하다가 말았니?"

남자가 물었지만 푸른잠자리는 나뭇가지에 앉아 눈치만 살핍니다. 아이 때문이었습니다. 오늘따라 남자 곁에 낯선 여자아이 하나가 앉아 있기 때문입니다.

-저 아이가 설마 날 잡으려 하는 건 아니겠지?

잠자리가 걱정하는 건 그것입니다. 언젠가 잠자리를 잡겠다고 쫓아오던 아이들을 떠올렸던 것입니다.

"훌륭한 우체부가 생겨 꽃들이 무척 좋아했을 건데?"

잠자리의 걱정을 아는지 모르는지 남자는 말을 이어갑니다. 아이는 입을 꼭 다문 채 앉아 있기만 합니다. 잠자리는 조금 경계심을 내려놓습니다.

"푸른잠자리야, 왜 대답이 없니? 네가 전해주는 편지를 꽃들이 좋아하지 않았니?"

"아니요. 좋아했고말고요. 볼 때마다 꽃들은 고맙다고 인사했어요."

꽃들을 떠올리는 순간 잠자리는 눈물이 핑 돕니다. 고맙다는 인사를 그때 처음 들었기 때문입니다.

-푸른잠자리, 당신은 우리에게 정말 필요한 존재예요. 고마워요.

고맙다는 말뿐만 아니라 꽃들은 필요하다는 말까지 하며 잠자리를 감동시키곤 했습니다.

-푸른잠자리가 편지 배달을 해주기 전까지 우린 서쪽에 있는 친구 소식을 알려면 서풍이 불도록 기다려야 했고, 동쪽에 있는 친구 소식을 알기 위해선 동풍이 불 때까지 기다릴 수밖에 없었어요. 그러니까 푸른잠자리, 당신은 우리에게 없어서는 안 될 존재예요. 우리한테 당

신은 정말 보석 같은 존재라고요. 세상에서 가장 훌륭한 우체부가 당신이에요.

꽃들은 이구동성으로 그렇게 푸른잠자리를 칭송했습니다.

푸른잠자리가 나서기 전까지 꽃들의 우체부 역할을 했던 건 바람이었습니다. 그러나 바람의 역할엔 한계가 있습니다. 향기는 세찬 바람을 싫어했으니까요.

편지마다 꽃들은 향기를 뿌렸지만, 몸이 약한 향기는 조금만 바람이 세차게 불어도 견뎌내질 못했습니다. 물론 천리향처럼 멀리까지 갈 수 있는 향기가 없는 것은 아닙니다. 그러나 연약한 향기를 다치지 않게 실어 나를 수 있는 바람은 미풍밖에 없습니다.

-바람은 변덕이 심해요. 기분 내키지 않으면 휑하니 사라질 뿐 섬세한 우리 마음을 헤아려주지 않아요. 그런 바람에 비해 푸른잠자리, 당신은 참으로 훌륭한 꽃들의 친구에요.

아름다운 꽃들의 칭찬에 신이 난 푸른잠자리는 규칙적으로 일하라던 까치의 충고도 잊은 채 밤낮으로 편지 배달을 했습니다. 외롭지 않으려고 정신없이 움직이던 예전과 달리 보람 있는 일을 한다는 생각에 피곤한 줄도 몰랐던 것입니다.

"그런데 왜 그렇게 보람 있는 일을 그만둔 거니?"

잠자리의 이야기를 듣고 난 남자가 노트를 덮으며 묻습니다.

"일이 너무 힘들어서 그랬던 거니?"

"아니, 그런 건 아니고요."

잠자리는 이제 남자가 앉아 있는 벤치 위로 옮겨가 앉습니다. 아이에 대한 경계심이 풀렸기 때문입니다.

"그런 게 아니라면 왜 편지 배달하는 일을 그만둔 거니?"

"저도 아저씨처럼 마음을 드러내는 글을 쓰고 싶어서요."

"글을 쓰고 싶다고?"

"네."

잠자리는 오렌지코스모스 생각이 나 그렇게 대답했습니다. 오렌지코스모스를 떠올리면 아파오는 마음을 글로 표현해보고 싶다는 생각을 문득 한 것입니다.

오렌지코스모스 생각을 하자 열등감이 찾아옵니다. 편지 배달을 하는 동안 잊고 있던 열등감이 다시 푸른잠자리를 초라하고 자신 없는 곤충으로 만들어놓고 있습니다.

"글을 쓰고 싶다고? 그것 참 좋은 생각이네. 그렇지만 넌 네 모습 그대로 이미 글을 쓰고 있는 거야. 네가 갈대 끝에 앉아 흔들리고 있는 풍경 그 자체가 내겐 한 편의 시처럼 보인단다."

"시라고요?"

"그래. 내가 쓰는 글. 마음을 드러내는 이런 글을 시라고 해. 화가
가 물감을 사용해 그림을 그리듯 시인은 글을 통해 마음을 표현하지.
우리가 겪는 아픔이 모두 시의 재료가 되지."

"그럼 아저씬 시인인가 보군요?"

"그래. 이렇게 시를 쓰고 있으니 시인인 게 분명하지. 그러나 시인
이란 이름보다 중요한 건 시를 쓰는 일, 그것에 대한 사랑이란다. 어
떤 일이건 그 일을 간절히 사랑하면 일이 먼저 말문을 여는 법이지.
시인이란 그 순간 저절로 따라오는 이름일 뿐 무엇인가를 간절히 사
랑하고 있는 이는 다 시인이라고 할 수 있어. 누구나 다 시인이 될 수
있지만 그러나 마음속에 사랑이 없는 이는 시를 쓴다 해도 결코 시인
이 될 수 없단다."

순간 잠자리는 다시 오렌지코스모스를 떠올립니다.

"그렇다면 나도 시인이 될 수 있는 건가요?"

"네가 누군가를 사랑하고 있다면 넌 이미 시인이지. 시인이란 자신
의 삶을 진실로 사랑하는 이를 가리키는 말이기도 해. 난 그런 이를
인생의 시인이라고 불러. 난 나의 인생을, 그리고 내 딸 산이를 진심

누군가를 사랑하고 있다면 이미 너는 시인이란다.

으로 사랑하고 있단다."

아이 이름이 산山이란 사실을 그제야 알았습니다. 곁에 앉은 산이의 머리를 쓰다듬는 시인의 눈 속으로 먼 산이 다가와 그늘을 만듭니다.

-인생의 시인.

겨우 한 철을 살아가는 곤충이지만 사내의 그 말은 푸른잠자리의 가슴에 조그만 자국을 남겼습니다.

"아저씨, 그럼 지금 제 마음과 닮은 시를 한 편 써주실 순 없나요?"

"지금 네 마음이 어떤데?"

"아주 아련하고 서글프면서도 커다란 뭔가를 잃어버린 듯한 느낌이에요. 소낙비에 날개가 다 젖어버린 것 같은…… 그런 느낌 아시겠어요?"

풀잎 끝에 앉은 잠자리의 모습이 애잔합니다. 가을은 깊어가고, 세상 모든 것들은 조금씩 시드는 중입니다. 잠자리를 바라보며 시인은 목소리를 가다듬어 시 한편을 낭송합니다.

내가 뭔가를 간절히 원하며 기도할 때마다

갈망하는 그 마음으로부터 벗어나게 하소서.

내가 세상으로부터 상처받는 그 순간마다

아픔으로부터 많은 것 배우게 하소서.

내가 고독함에 시달리는 그 순간마다

묵묵히 외로움 받아들이는 섬으로 있게 하소서.

특별한 존재

누군가를 받아들인다는 것이

새로운 한 세상을 받아들이는 것이라는 사실을

그대를 만난 뒤에 나는 알았네.

-사랑의 반대말은 증오가 아니라 무관심이다.

기차의 몸에 그런 낙서를 해놓은 이도 있습니다.

무관심이란 말을 듣는 순간 푸른잠자리는 충격을 받습니다. 오렌지코스모스로부터 잊혀질 것이 두려운 것입니다.

편지 배달을 그만둔 것도 다 오렌지코스모스 때문입니다. 그녀를 생각하면 가슴 한 구석에 커다란 물방울이 맺히는 것 같습니다. 열등감으로 괴로워할 때마다 조금씩 커져가던 마음의 물방울, 사람들은 그것을 슬픔이라 부릅니다.

푸른잠자리를 매료시킨 오렌지코스모스는 좀 특별한 꽃이었습니다. 그러나 알고 보면 세상에 특별하지 않은 존재는 없습니다. 관심과 애정을 받는 순간 누구나 특별한 존재가 되니까요. '넌 내게 특별한 존재야'라고 하는 그 한마디는 '난 널 사랑해'라는 말의 또 다른 표현입니다. 오렌지코스모스를 처음 본 순간 푸른잠자리는 자신이 삶의 중요한 경계에 와 있다는 사실을 깨달았습니다. 그때까지 찾고 있던 삶의 의미를 순간적으로 알아버린 것입니다.

-사랑 아닌 것들은 시련을 견뎌내지 못한다.

기차는 그런 말도 했습니다. 그것 또한 늙은 기차 몸에 적혀 있던 말입니다. 자신의 몸에 적힌 수많은 낙서를 늙은 기차는 인생노트라고 불렀습니다.

"삶의 문제에 부딪칠 땐 그냥 인생노트를 펼쳐보기만 해도 돼. 절절한 사랑에 빠져 보지 않은 인생은 향기 없는 와인을 마시는 것과 같이 의미가 없는 거야."

인생노트 덕분에 기차는 아는 것이 많습니다. 그러나 경험이 빠진 이론만큼 위험한 것도 없습니다. 이론에 밝은 기차를 뒤로 하고 푸른잠자리가 단풍나무를 찾아간 건 바로 그 때문입니다.

"단풍나무야, 단풍나무야, 사랑이 무엇인지 말해줄 수 있겠니?"

봄이면 봄꽃, 여름이면 여름꽃, 그리고 가을이면 가을꽃과 사랑에 빠지는 단풍나무는 지금도 눈앞에 있는 분홍코스모스를 연모하고 있습니다.

"사랑? 그건 함부로 대답할 수 없는 골치 아픈 질문 같은 것이야."

사랑의 고수답게 단풍나무는 망설임 없이 질문에 답합니다.

"골치 아픈 질문 같다니, 그건 무슨 뜻이니?"

"그만큼 어렵다는 말이야. 아니 어렵다는 것보다 힘들다는 말이 더 정확할지도 몰라."

"설마 먼 길을 날아가는 일보다 더 힘든 건 아니겠지?"

"먼 길을 날아가는 일? 그게 그렇게 힘든 일이니?"

잠자리를 향해 이번에는 단풍나무가 반문합니다. 한자리에 붙박인 채 살고 있는 단풍나무가 먼 길 가는 일에 대해 알 수는 없는 노릇입니다.

"힘든 일이고말고. 가다가 태풍을 만나면 바닥으로 곤두박질칠 수도 있어. 목숨이 위태로운 순간도 있고. 설마 사랑이 그렇게 힘들다는 말은 아니겠지?"

"나야 먼 길을 가본 적이 없으니 그게 얼마나 힘든 일인지는 알 수가 없지. 그렇지만 사랑 때문에 곤두박질치는 이도 많아. 주저앉고선 끝내 일어서지 못하는 이도 많고."

실연의 아픔을 이기지 못해 자신의 가지 아래 주저앉아 있던 한 젊은이를 떠올리며 단풍나무는 그렇게 말합니다.

"그렇구나. 그래서 그랬구나. 그게 그렇게 힘든 일이라서 오렌지코스모스가 나를 쌀쌀맞게 대한 거구나. 그렇게 힘든 것이라면 그럼 어떻게 해야 사랑을 얻을 수 있는 거니?"

"사랑은 바깥에서 얻을 수 있는 게 아니야. 사랑이란 내면에 있는 고유한 힘 같은 거니까."

"내면에 있는 고유한 힘?"

"그래. 사랑이란 내 안에 원래부터 있는 능력 같은 것이야. 안에 있는 것이니 사라지거나 줄어드는 것도 아니고."

"이해하기 어렵구나."

"사랑은 느끼는 거야. 모든 걸 머리로 이해하려 하니 어려운 거지. 흔히 사랑에 빠졌다고들 말하지만 사실은 빠진 것이 아니라 내면에 고여 있던 에너지가 적당한 상대를 만나 터져나온 것이 사랑의 본질이야. 먼저 상대를 이해하려는 마음을 가져봐. 네가 가진 잣대로 이렇게 저렇게 상대를 판단하려 들지 말고 있는 그대로 상대를 봐야 해."

잠자리는 이제 단풍나무를 신기한 눈으로 보기 시작합니다. 왜 눈앞에 있는 분홍코스모스에게 그렇게 매일 편지를 보내며 정성을 들이고 있는지, 왜 반응도 없는 상대에게 스스로 감동하며 빨갛게 이파리를 물들이고 있는지, 지금까지 납득할 수 없던 일들이 비로소 이해되기 시작합니다.

"이제야 너를 알 것 같아. 그동안 너를 이해하지 못해 정말 미안하구나, 단풍나무야."

"괜찮아. 난 그동안 편지를 배달해준 네 노고가 고마울 뿐이야. 이제 네가 어떤 고민에 빠져 있는지 구체적으로 이야기를 들어보자꾸나."

떨어진 단풍잎이 바닥에 쌓입니다. 잠자리는 그것들이 모두 단풍나무가 겪은 마음고생의 흔적 같아 마음이 짠해집니다.

"네가 분홍코스모스에게 빠진 것처럼 난 오렌지코스모스를 보는 순간 왠지 내 삶이 소중하다는 생각을 하게 되었어. 무심코 바라보던 모든 것이 하나하나 의미 있게 다가왔어."

복받쳐 오르는 감정을 참으며 잠자리가 이야기를 이어갑니다.

"그런데 그런 내 마음을 오렌지코스모스는 조금도 받아주질 않는 것 같아. 앞으로 난 어떻게 해야 하니?"

"네가 어떻게 하겠다고 해서 네 마음대로 되는 게 아니야. 생각하지 않으려 해도 온종일 사랑이란 불길이 네 안에서 타오를 테니까. 그러나 사랑의 기쁨은 잠깐이야. 기쁨보다 더 오래가는 건 언제나 아픔이지. 명심해라, 푸른잠자리야. 사랑한다는 건 상대의 우주를 받아들이는 것이란다."

"그건 무슨 뜻이니?"

"누군가를 사랑한다는 것은 그 사람의 모든 것을 이해하고 수용하는 것이라는 말이지. 우주에 대해서 누구보다 잘 알고 있는 별들이 가르쳐준 말이니 이건 믿어도 돼. 누군가를 이해한다는 건 아득하게 우주를 건너 물결치는 별들의 마음을 느끼는 것과 같은 거란다. 밤마다 나는 내 가지 위로 찾아오는 별들과 대화를 나누거든. 별과 난 아무래도 형제 같아."

별들과의 대화가 자랑스럽다는 듯 단풍나무는 하늘을 향해 가지를 쳐듭니다. 가지마다 총총거리고 있는 이파리들도 그러고 보니 정말 별과 닮은 모양입니다.

"상대의 우주를 이해하고 수용한다는 것은 쉽게 설명하면, 나와 상대가 하나가 된다는 말이지. 분홍코스모스와 내가 한 몸이 된다는 말 모르겠니? 그게 불가능한 일이란 걸 난 예전에 이미 깨달았지만……."

"그게 왜 불가능하다고 생각하는 거니?"

"이렇게 한자리에 붙박인 채 다가가지 못하는 내게 사랑이란 불가능한 꿈 같은 거니까. 내가 하는 사랑은 언제나 이루어질 수 없는 거였어. 그런 내 처지에 비해 자유롭게 날아다닐 수 있는 넌 정말 행복한 고민을 하고 있는 거야."

새삼 붙박여 있는 자신의 처지가 한심하다는 듯 단풍나무는 한숨을 내쉽니다. 그러나 그것도 잠시, 갑자기 경계심을 내비치며 단풍나무가 목소리를 높입니다. 철길 건너 낯선 사람 하나가 다가왔기 때문입니다.

"너도 알겠지만 조심해. 사람이란 정말 믿을 수 없는 동물이야. 죄 없는 꽃들을 한 묶음씩이나 꺾어 가질 않나. 어젠 불한당 같은 녀석 하나가 코스모스를 꺾어 제 여자에게 바친 어이없는 일이 일어났어."

"코스모스를 꺾었다고?"

"그래. 정말 깡패 같은 녀석이었어. 하마터면 분홍코스모스도 꺾일 뻔했으니까. 여자에게 바치기 위해 죄 없는 꽃을 꺾어 갈 생각을 하다니. 나의 우주를 위해 타인의 우주를 희생시키면서도 그들은 아무런 가책도 느끼질 않나 봐."

"나의 우주?"

"그래. 우린 모두 세 가지로 구성된 우주에 살고 있어. 나의 우주,

타인의 우주, 그리고 물질우주. 이 세 가지 우주는 완전히 다른 우주지. 그래서 내가 너를 마음대로 할 수가 없고, 너도 나를 마음대로 할 수가 없는 거야. 그런 타인의 우주를 그 불한당이 함부로 꺾어버렸으니 기가 막힐 노릇이지."

하마터면 분홍코스모스까지 꺾일 뻔했다는 생각에 화가 난 단풍나무는 격앙된 표정으로 말을 이어갑니다.

"나의 우주에서 용납되는 질서를 타인의 우주에 강요하는 것은 폭력이야. 물질우주도 마찬가지야. 그것들은 다 내 뜻대로 되는 게 아니지. 공기와 햇빛, 저기 보이는 저 산, 그리고 인간들이 좋아하는 돈 같은 것들이 다 물질우주지. 그건 내 뜻대로 움직여주질 않아. 여기서 꼭 알아두어야 할 것이 뭔가 하면, 각각의 우주를 혼동하지 말아야 한다는 사실이야. 사랑이나 관계에 실패하는 이유가 바로 우주를 혼동하기 때문에 그런 거니까. 사랑에 빠지는 순간 우린 각자 다른 생각을 하면서도 서로 한 몸인 것처럼 착각을 하지. 그게 바로 나의 우주와 타인의 우주를 혼동하는 증거야. 그래서 나의 우주에서 적용하는 삶의 공식을 타인의 우주에도 적용하려다가 갈등이 생기는 거지. 그런 혼돈 때문에 사랑은 언제나 짧은 기쁨 뒤에 커다란 고통이 따라오게 되는 거고."

나의 우주가 타인에게 받아들여지기 위해선

먼저 타인의 우주를 인정해야 돼.

열정적으로 말하는 단풍나무를 보고 있는 동안 잠자리는 자신의 마음도 조금씩 열리는 것을 느낍니다.

"그렇구나. 그래서 처음엔 기뻤는데 지금은 내 마음이 이렇게 쓸쓸하고 아프구나."

"사랑뿐만이 아니야. 인간이 돈 때문에 고민하고 힘들어하는 것도 나의 우주에서만 통용되는 공식을 물질우주에 적용하려고 하기 때문에 그런 거야. 물질우주를 나의 우주로 끌어오기 위해선 물질우주만의 고유한 공식을 수용하고 터득해야 하는데도 말이야."

돈에 대해선 문외한이지만 그래도 뭔가를 이해한 듯 잠자리는 고개를 끄덕입니다.

"그렇구나. 말하자면 오렌지코스모스를 내 방식대로 움직이려 한 것이 내 불찰이었구나."

"그렇지. 공식 적용을 잘못한 거지. 각각의 우주에 통용되는 공식이 따로 있는데도 불구하고 그걸 잊는 거야. 모든 관계는 대부분 그렇게 해서 깨어지게 돼. 나의 우주가 타인과 통하기 위해선 먼저 타인의 우주를 인정해야 돼. 나와 상대가 다르다는 사실부터 깨달아야 비로소 우주 간에 교류가 일어날 수 있는 거지."

우주라는 말이 주는 막막하고 광활한 느낌에 사로잡혀 잠자리는 이제 날개 끝을 아래도 떨어트린 채 생각에 잠깁니다.

"저기 쟤 좀 봐."

생각에 빠져 있던 잠자리를 놀라게 한 건 뭔가를 경계하는 듯 짧게 속삭여온 단풍나무의 한마디였습니다. 못 보던 새 한 마리가 산모퉁이를 돌아 단풍나무 가까이 날아온 것입니다. 겁에 질린 잠자리는 재빨리 단풍잎 아래로 숨어 들어갑니다. 본능적인 공포에 떠는 잠자리에게 단풍나무가 다시 한마디를 던집니다.

"특히 쟤를 조심해, 저건 개개비라는 녀석이야."

그때 개개비라는 이름을 처음 들었습니다.

세상의 모든 인연은 우연으로 시작해 필연이 됩니다. 우연히 본 개개비와 어떤 인연으로 다시 만나게 될지 그때 푸른잠자리는 미래를 전혀 예측할 수 없었습니다.

• 세 가지 우주에 대한 이야기는 '해리 팔머'의 avatar course에서 인용.

사랑이 깊어지면

사랑이 깊어지면

사랑한다는 말은 사라진다.

푸른잠자리는 잠시도 오렌지코스모스 곁을 떠나지 않으려 애썼습니다. 꽃들의 편지를 전달하는 일도 뒷전이고, 그녀의 작은 흔들림 하나도 놓치지 않으려 신경을 곤두세운 채 주변을 맴돌았습니다.

"제발 날 좀 내버려둬!"

그러나 오렌지코스모스의 반응은 뜻밖이었습니다.

"내버려두라니? 널 기쁘게 해주려고 네 곁을 조금도 떠나지 않고 맴돌았는데……."

"집착하며 맴도는 게 상대를 기쁘게 하는 것이라고 생각하니? 그러는 네가 난 너무 힘들어."

뜻밖의 반응에 당황한 잠자리는 어떻게 행동해야 할지 몰라 머뭇거리기만 합니다.

"네가 내게 얼마나 소중한 존재인지 내 마음을 전하고 싶어서 그랬던 건데……."

"소중한 존재라고?"

"그래. 넌 정말 내게 가장 소중한 존재야. 너 없으면 난, 난……."

울음이 터질 것 같아 잠자리는 더 말을 잇지 못합니다.

"정말 소중한 존재라면 날 제발 가만 내버려둬. 이러는 네가 난 너무 부담스러워."

부담스럽다는 오렌지코스모스의 말에 잠자리는 날개가 찢어지는 듯한 아픔을 느낍니다.

잠자리가 하는 이야기를 들어주던 단풍나무가 다시 말문을 연 건 서쪽 하늘이 붉게 물들 때쯤이었습니다. 단풍나무 잎새 위로도 붉고 노란 물감이 한창 그림을 그리는 중입니다.

"푸른잠자리, 그런데 넌 왜 오렌지코스모스를 그렇게 소중한 존재라고 생각하게 된 거니?"

단풍나무는 그렇게 질문으로 말문을 다시 열었습니다.

"그건 그러니까, 오렌지코스모스를 사랑하기 때문에 그런 것이지."

"사랑하면 소중한 거다? 그거네?"

"당연한 것 아닐까? 내 마음이 저절로 그렇게 움직이는데……."

"상대가 정말 내게 소중하다고 생각하면 이렇게 한번 해봐. 진실로 소중한지 아닌지를 증명하는 방법이 있어."

흥미로운 실험이라도 하듯 단풍나무가 빤히 잠자리를 쳐다봅니다.

"그게 뭔데?"

"네게서 오렌지코스모스를 한번 빼봐. 그게 네 마음이 진실한지 아닌지를 아는 방법이야. 사랑엔 언제나 내가 있고 상대가 있어. 상대를 빼고 나서도 내가 아무렇지도 않게 그대로 있으면 그 상대는 내게 소중한 존재가 아니야. 물론 진실한 사랑도 아니고. 사랑은 내게서 상대를 뺄 때 내가 제로가 되는 상태야."

제로라는 말을 하는 순간 단풍나무는 힐끗 분홍코스모스 쪽을 쳐다봅니다.

"제로가 된다구?"

"그래. 아무것도 안 남는다는 말이지."

"넌 그럼 그렇게 제로가 되어본 적이 있니?"

"물론이지. 그러나 제로가 되었다고 모든 것이 끝나는 건 아니라는 사실을 알았어. 끝난 뒤에도 남는 것이 있는 법이야. 집착은 사라져 제로가 되지만 원래부터 내 안에 있던 사랑의 능력까지 따라서 사라지는 건 아니니까. 진실한 사랑은 결코 사라지거나 줄어들지 않아."

숙연한 표정으로 하늘을 쳐다보던 단풍나무는 지나가는 바람에 우수수, 이파리 몇 개를 떨어트립니다. 그때였습니다. 어디서 나타난 건지 한동안 보이지 않던 잠자리현실주의자가 가지 위로 내려앉으며 끼어듭니다.

"사랑 이야길 하는 모양인데, 알고 보면 사랑이란 건 단순한 화학 반응일 뿐이야."

"뭐? 갑자기 무슨 소리니?"

느닷없이 끼어든 잠자리현실주의자가 못마땅하다는 듯 단풍나무의 목소리가 높아집니다.

"그러니까 그건, 인간들이 쓰는 용어인데, 사랑이라는 감정은 뇌에서 일어나는 화학작용이라는 뜻이야. 신경조절물질이나 호르몬 분비 같은 것에 의해 일어나는 화학반응이 사랑이란 말이지. 그래서 말인데 푸른잠자리, 네가 하는 고민도 그다지 오래갈 건 아니니 걱정하지 마. 사랑에 빠져 가슴 쿵쾅거리는 그 반응은 아무리 오래가도 30개월을 못 넘겨. 사랑이 영원하다는 말은 다 거짓인 것이지."

"거짓이라고?"

"그래. 시간이 흐르면 뇌의 화학작용은 멈추게 돼. 마치 질병에 항체가 형성되듯 사랑이란 질병도 빠지는 그 순간부터 서서히 항체가 만들어지는 거야. 일단 항체가 형성되면 더 이상 가슴 뛰는 병은 앓지 않게 돼. 그게 사랑의 종말이야."

작심한 듯 빠르게 말을 내뱉던 현실주의자는 그러나 이내 피곤한 표정을 지으며 가지에서 일어납니다.

"난 일어나야겠다. 우리 같은 잠자리에게 30개월이 가당키나 한 시간이니 어디? 감정보다 정직한 건 통계지. 감정에 속는 건 어리석은 일이야."

마치 비웃듯 한마디를 더 보탠 뒤 현실주의자는 가지를 떠나 저쪽으로 날아가 버립니다.

"사랑을 어떻게 통계로 측정할 수 있겠어? 쟤 말을 믿지 마. 저 아인 늘 머리만 굴리고 있으니 가슴의 소리를 들을 수 없는 거야. 사랑이란 머리로 하는 게 아니라 가슴으로 하는 건데."

날아가는 현실주의자를 바라보며 단풍나무는 걱정스럽다는 듯 혀를 찹니다.

"진실한 사랑이란 지하 깊은 곳에 존재하는 지하수 같이 쉽게 줄거나 사라지질 않아. 내 발밑 저 아래서 지하수가 흐르듯이, 깊은 강물이 마르지 않듯이, 진실한 사랑 또한 마르지 않고 늘 내 안에 흐르고 있다는 말이야. 넌 지금 그 마르지 않는 지하수가 오렌지코스모스라는 적절한 대상을 만나 흐르기 시작한 거야. 이제 조금 간격을 두고 오렌지코스모스를 찾아가 봐. 모든 건 적당한 간격이 필요한 법이니까. 상대뿐 아니라 나 또한 변화하고 성숙해지기를 기다리는 것이 진실한 사랑의 시간이야. 한동안 찾아가지 말고 말투나 외모에도 좀 신경을 써봐."

사랑에는 적당한 간격이 필요한 법이야.

내게서 너를 빼면

무관심한 이의 내면엔
두려움과 상처가 숨어 있다.

한동안 찾지 않던 오렌지코스모스를 다시 찾은 건 감국 향기 진해진 어느 날입니다.

"푸른잠자리, 멋있게 변했구나."

외모에 신경을 쓰라는 단풍나무의 조언을 잊지 않은 덕인지 오렌지코스모스는 보자마자 칭찬부터 했습니다.

"그렇지 않아도 언제 오나 기다리고 있었어."

제발 자기를 자유롭게 내버려두라고 하던 때가 언젠데 오렌지코스모스는 무슨 조화인지 반색하며 잠자리를 맞이합니다. 갑작스런 환대에 어리둥절해진 푸른잠자리는 조심스레 오렌지코스모스의 눈치를 살핍니다.

"정말 날 기다린 거니?"

"내가 왜 거짓말을 하겠어."

"나의 우주와 너의 우주가 이제야 서로 통하나 보구나."

"그건 무슨 소리야?"

"내게서 너를 빼봤던 적이 있어."

"그건 또 무슨 엉뚱한 소리니?"

느닷없는 잠자리의 말에 고개를 갸우뚱거리면서도 오렌지코스모스는 계속 미소를 짓습니다.

"난 덧셈 뺄셈을 하려고 널 기다린 게 아닌데?"

"무엇 때문에 기다렸건 난 네가 나를 기다렸다는 사실 하나만으로도 행복해. 행복은 마음의 여백을 채우는 일이거든."

뜻하지 않은 오렌지코스모스의 환대에 들떠 잠자리는 까치에게 배운 말까지 들먹이며 어깨를 으쓱거립니다.

"여백? 그건 또 무슨 말이니?"

"그건, 그러니까…… 감나무를 보며 다가올 미래를 생각하는 거야."

이해할 수 없다는 표정으로 잠자리를 바라보며 오렌지코스모스는 그러나 마음속에 있던 부탁의 말을 꺼냅니다.

"다가올 미래 같은 건 잘 모르겠어. 난 부탁할 일이 있어서 기다렸을 뿐이야. 이건 푸른잠자리가 가장 잘하는 일이거든."

부탁이라는 말을 듣는 순간 상처가 눈 녹듯 사라집니다. 푸른잠자리는 행복감에 겨워 날개를 들썩입니다.

'드디어 내가 오렌지코스모스에게 필요한 존재가 되었구나. 드디어 오렌지코스모스가 나를 받아들이기 시작했구나!'

"말해봐, 얼른. 무슨 일이니? 무슨 부탁이라도 다 들어줄게."

무엇이든 다 하겠다는 듯 잠자리는 하늘거리는 오렌지코스모스의 줄기를 다정하게 감싸줍니다.

"다른 게 아니고 편지야."

"편지?"

"응, 편지 배달. 이거, 하늘 위 저기로 배달 좀 해줘."

오렌지코스모스가 가리키는 하늘엔 비행기 한 대가 유유히 날아가고 있습니다.

"저기 저 비행기 님에게 이걸 좀 배달해줘."

"뭐? 비행기에게 이 편지를?"

행복감은 어디론가 사라지고 불 같은 분노가 잠자리의 온몸을 휘감습니다. 숨어 있던 열등감이 쿵, 소리를 내며 사방을 때립니다.

다른 것도 아닌 비행기에게 편지를 전달하라니? 수만 개의 낱눈이 모인 잠자리의 겹눈에 파랗게 불꽃이 일어납니다.

"그건 안 돼."

"안 돼? 왜?"

뜻밖의 거부에 오렌지코스모스가 놀란 표정으로 잠자리를 쳐다봅니다.

"하고 싶지 않은 일이야 그건, 결코."

"하고 싶지 않은 일이라니 그게 무슨 소리야?"

"제발, 비행기에게 가는 일만은 안 하고 싶어."

분노를 누르며 푸른잠자리는 애원하듯 간절한 목소리로 말합니다.

"부탁이야. 비행기에게 보내는 편지만은 제발 시키지 말아줬으면 좋겠어."

"도대체 왜 그래요? 좀 전엔 무슨 부탁이라도 다 들어주겠다고 했잖아요?"

"다른 건 몰라도 비행기한테 가는 심부름만은 싫어. 그건 정말 나를 미치게 만드는 일이야."

"미치다니? 편지를 부치려고 내가 얼마나 기다렸는지 아세요? 도대체 배달을 하고 싶지 않다는 건지 할 수 없다는 건지 어느 게 진실이에요?"

갑자기 깍듯하게 존댓말을 쓰는 건 오렌지코스모스가 화가 났을 때 하는 버릇입니다. 비행기에게 열등의식을 느끼고 있는 푸른잠자리의 사정을 그녀는 눈치채지 못하고 있는 것입니다.

그날, 그 일로 푸른잠자리는 오렌지코스모스 곁을 떠나야 할 날이 다가왔다는 사실을 깨달았습니다. 그녀가 동경하는 커다랗고 힘센 날개가 자신에게 없다는 현실 앞에서 푸른잠자리는 '사랑이 깊어지면 사랑한다는 말이 사라진다'고 하던 단풍나무의 말을 되씹으며 쓸쓸히 오렌지코스모스 곁을 떠났습니다.

"왜 그러니 푸른잠자리야? 왜 그렇게 금방 어딘가로 증발이라도 할 것 같은 표정을 짓고 있니?"

낯익은 목소리였습니다. 절망적인 심정으로 앉아 있던 잠자리에게 말 걸어온 이는 뜻밖에도 매미였습니다.

"나야, 내 목소릴 벌써 잊어버렸니?"

한여름 내내 소리를 지른 탓인지 매미는 목이 쉬어 있었습니다.

"보이지 않더니 매미 아저씨 그동안 어디 계셨어요?"

"푸른잠자리야, 무슨 일이 있었던 모양이구나? 옷차림은 훌륭한데 얼굴이 형편없는 걸 보니."

건드리기만 해도 울음을 터뜨릴 것 같던 잠자리는 한여름을 같이 보낸 매미를 보자 정말 설움이 복받칩니다.

"그래, 누구나 울고 싶을 때가 있어. 그렇지만 그까짓 일로 울어선 안 돼. 지금 네가 겪고 있는 그 고통은 감정의 왜곡일 뿐이지 진실한 사랑 때문에 그런 게 아니야."

울먹거리는 잠자리의 사연을 듣고 난 매미는 천천히 결론부터 내립니다.

"그렇게 잘 차려입고 간다고 사랑을 얻을 수 있을 거라 생각했었니? 사랑은 그렇게 해서 얻어지는 것이 아니야."

"하지만 전 지금 좌절감과 열등감 때문에 꼼짝도 할 수 없는걸요."

"참아야 돼. 고통을 견뎌내는 것이 우리가 이 삶에서 배워야 할 일이야. 삶이란 처음부터 끝까지 모순으로 가득 차 있는 시간의 흐름이야. 거기서 뭔가를 배우기 위해 우린 여기 온 거야. 나를 봐. 그 오랜 세월을 깜깜한 땅속에서 굼벵이라는 모욕을 감수하며 견뎌온 나 말이야. 나라고 비관적인 생각이 없었겠니."

"아저씨도 그럼 버림받은 적이 있으세요?"

"물론이지. 그러나 알고 보면 내가 나를 버리지 않는 한 나를 버릴

수 있는 이는 아무도 없어. 더 이상 사랑이라는 핑계로 자신을 고통
속으로 몰고 가진 마."

마치 제자를 타이르는 스승처럼 부드럽게 잠자리를 꾸짖은 매미는
떠날 채비를 합니다.

"갈 곳이 있어서 난 이만 일어나 봐야겠다. 한가하게 이야기하고
있을 시간이 없어. 가을이 무르익으니 준비할 게 많거든."

"무슨 준비요?"

"다음 생을 맞이하려면 그만한 준비가 필요한 법이다."

"다음 생이라니요?"

"나같이 한 철만 살고 이 세상을 떠나야 하는 매미에겐 다음 생으
로 가는 여행 일정이 바로 눈앞에 있어. 인간들은 그런 여행을 죽음
이라고 부르지."

"죽음이라고요?"

"응. 일종의 여행 같은 거야. 마치 이 별에서 저 별로 옮겨가는 것
과도 비슷한 그런 여행을 인간들은 죽음이라고 불러."

"아저씨는 알 수 없는 말만 하는군요."

"우리가 사는 은하계 외에도 우주엔 수많은 은하계가 있어. 그 은
하계에 있는 수많은 별 중에 우리가 사는 지구라는 이 별은 멀리서

보면 점 하나 정도로 보일 만큼 미미한 자리를 차지할 뿐이지. 이렇게 작은 점에 살며 우린 먹고 먹히며 갈등하고 싸우는 거야. 그렇게 협소한 별을 떠나 다음 단계의 별로 옮겨가는 게 죽음이라고 난 믿고 있는 거란다."

죽음에 대해 심각하게 고민한 적이 없는 잠자리는 별 이야기를 듣는 순간 단풍나무 가지를 찾아오던 별부터 떠올립니다. 우주에 대해 누구보다 해박한 지식을 가지고 있는 별들은 아마 죽음에 대해서도 자세히 알 것입니다.

"그러면 단풍나무 가지 끝에 매달리던 그 별로 옮겨가는 건가요?"

"그건 나도 알 수가 없어. 밤하늘 가득 셀 수 없이 많은 별이 총총거리고 있으니 알 도리가 없지. 나야 가장 반짝이는 별로 가길 원하지만 어디로 가게 될지는 모르는 거야. 사실은 나도 그쪽에 대한 정보가 별로 없거든."

"어디로 가게 될지 모른다고요?"

"그래. 그동안 그렇게 날아다니며 수집했지만 정확한 정보를 알아낼 수가 없어. 지금 우리가 사는 이 별과 다음 별 사이엔 통신 시설이 안 되어 있거든. 별과 별끼리 서로 연락할 길이 없다는 말이야."

"그건 또 무슨 말이에요?"

"인간들이 주고받는 문자나 인터넷 같은 통신이 안 된다는 말이야. 천리 밖에서 일어나는 일도 동시에 알게 되는 세상이지만 내가 어느 별로 갈지는 그 누구도 몰라. 이 별을 한번 떠나가면 어디서 어떻게 살게 되는지 알 수가 없다는 말이지. 신비주의란 그래서 탄생하게 돼. 밤하늘의 별들이 신비롭게 보이는 이유도 사실은 통신 시설이 없어서 그렇게 느껴지는 거야."

"그럼 언제쯤 통신이 될까요?"

"그거야 나도 모르지. 그렇지만 아마 머지않아 될 거야. 지금 인간들이 추구하는 저 속도대로라면 초고속 광케이블 같은 게 별과 별 사이에 깔리게 되지 않을까 싶어."

"그게 깔리면 다른 별과도 연락을 할 수 있게 된다는 말이군요?"

"그렇지. 바꾸어 말하면, 이 생과 다음 생 사이에 교류가 된다는 말이지. 그렇게 되면 기적 같은 일들이 일어날 거야. 그때는 아마 사라진 모든 것들과 서로 소식을 주고받게 될 거고. 그런데 늦었구나. 이제 그만 가야 할 시간이 된 것 같다. 다시 너를 또 볼 수 있을지 모르겠다만."

말을 끝낸 매미는 기지개라도 켜듯 날개를 활짝 펼칩니다.

"안녕, 푸른잠자리야, 영원히 살 것처럼 착각하지만 우린 모두 잠깐의 생을 살 뿐이다. 모든 것이 무상하니 너무 오래 고민에 빠지진 말거라."

마지막 한마디를 남긴 채 매미는 붙잡을 사이도 없이 휭, 날아가버리고 맙니다.

우린 모두 잠깐의 생을 살 뿐이야.

그러니 너무 오래 고민하지 말거라.

엄마의 별

인생은 우리에게 늘 기회를 준다.

그러나 우리는 늘 놓친다.

인생의 기회를 놓치지 않기 위해

우리가 알아야 할 일은

절망과 희망은 늘 손을 잡고 있다는 사실이다.

손끝에 내려앉은 잠자리를 바라보던 시인의 시선이 철길 쪽을 향합니다. 쪼르르, 언덕 위로 달려가던 아이가 갑자기 바닥에 귀를 대고 엎드립니다.

"기차가 오는 모양이네."

"네?"

"틀림없어. 멀리서 기차가 오고 있어."

시인의 말을 확인하기 위해 날아오른 잠자리는 언덕 저편을 살핍니다. 정말 저 너머에서 기차가 달려오고 있습니다.

"아니, 어떻게 기차 오는 걸 알 수 있죠?"

"산이 덕분이란다."

"산이 덕분이라고요?"

엎드려 있던 산이는 어느새 민들레꽃처럼 오똑 서 있습니다. 땡땡거리며 노래하는 건널목을 스치며 기차는 오늘도 바쁘게 달려가기만 합니다.

"땅바닥에 귀를 대면 멀리서 오고 있는 기차 소리가 들리지. 기차가 온다고 땅이 말을 하는 거야. 그 말을 듣기 위해 산이는 바닥에 엎드리는 거란다."

"땅이 말을 한다구요?"

"그래, 꼭 말이라고 할 수 없을지도 몰라. 그러나 세상엔 말로 하지 않아도 알 수 있는 게 많아. 바람이 속삭이며 들려주는 이야기나 호수에 비치는 달빛이 하는 이야기는 말로 하지 않아도 알 수 있는 법이지."

시를 쓰듯 시인이 나직한 목소리로 말합니다.

"그러니까 아저씨는 모든 걸 느낌으로 아는 거군요?"

"그래, 말보다 정직한 게 느낌이지. 생각이 너무 많아 인간은 이제 느낌을 잃어버리고 살아. 마음으로 느끼기 전에 머리가 먼저 이건 이렇고, 저건 저렇고 하며 판단부터 하니까. 그대로 느끼기만 하면 되는 걸 인간들은 말로 표현하려다가 사실과 다른 말을 하게 되지. 인간이 하는 말은 뭔가를 감추기 위해 사용될 때가 많아. 미워하면서도 존경한다고 말하거나, 사랑이 없으면서도 사랑한다는 말을 남발하는 사람들이 세상엔 너무 많아."

"병들어서 그래요."

"그래. 병들었어. 진실한 말을 하는 이를 만나기가 힘든 세상이지. 진실하지 않은 세상이 싫어 산이는 저렇게 말문을 닫고 있는 건지도 몰라."

시인의 눈이 다시 아이를 바라봅니다. 좀 더 가까이 가기 위해 잠자리는 시인의 손등 위로 날아갑니다.

"그러고 보니 산이가 말하는 소리를 한 번도 들어본 적이 없어요."

"소리로 들을 수 있어야만 말은 아니야. 들리지 않아도 산이는 마음으로 말하고 있어."

"마음으로 말을 한다고요?"

"그래. 너와 내가 이렇게 통하는 것처럼. 마음이 통하는 이들끼리는 소리 내지 않아도 서로를 알 수 있는 거란다. 엄마가 떠난 뒤 산이 마음은 오로지 엄마 생각뿐이라는 걸 난 잘 알고 있어."

먼 산에 있던 그늘이 시인의 얼굴 위로 내려옵니다. 이럴 때 시인의 얼굴은 밤배처럼 쓸쓸합니다.

"엄마가 떠났다고요?"

"그래. 떠나간 엄마가 보고 싶어지면 산이는 노래를 불러. 물론 소리가 나지 않는 노래야. 소리 대신 손으로 부르는 노래……."

두 손을 움직이며 시인이 아이에게 수화를 시작합니다. 아빠의 손을 지켜보며 아이 또한 하얗고 작은 손을 움직여 말을 합니다. 잠자리의 마음 위로 한 줄기 따뜻한 볕이 깃듭니다. 맑디맑은 아이의 영혼이 잠자리의 가슴을 샘물처럼 깨워놓습니다.

"푸른잠자리야, 우리 엄마를 찾아줘!"

그때 갑자기 잠자리의 마음속으로 아이의 말소리가 들려옵니다. 강하고 재빠르게 산이가 잠자리를 향해 손가락을 움직이고 있습니다.

"응? 나에게 하는 말이니? 엄마를 찾아달라고? 내가?"

"넌 잠자리니까 높이 올라갈 수 있잖아. 높이, 높이 날아가서 우리 엄마가 어디 있는지 찾아줘."

높이 올라간다는 말에 잠자리는 크게 고개를 가로젓습니다.

높이 높이 날아서
우리 엄마를 찾아줘.

"아니야, 그건 아니야. 난 그만큼 높이 올라가지 못해. 네 엄마를 찾을 수 있을 만큼 그렇게 높이 날아갈 수가 없단 말이야."

바위같이 무거운 것이 가슴을 누릅니다. 잊고 있던 비행기 생각이 난 것입니다. 숨었던 아픔이 어느새 전신을 휘감습니다. 푸른잠자리는 자신의 비행 능력을 불신하고 있습니다.

"아니야. 너라면 할 수 있어. 넌 날개를 가지고 있잖아. 넌 저 산보다 더 높이 올라갈 수도 있잖아."

아이가 가리키는 곳엔 야산 하나가 있습니다. 높진 않지만 꽃나무가 많이 있는 아름다운 동산입니다.

잠자리가 힐끗 동산을 쳐다봅니다. 저 정도야 오르지 못할 리 없습니다. 구름 위를 날아가는 비행기는 따라잡지 못하지만 저런 야산 정도는 하루에도 몇 번씩 오르내리던 시절이 있었습니다. 엄마를 찾아달라는 산이의 애원에 잠자리의 마음이 간이역을 지나가는 기차처럼 천천히 움직이고 있습니다.

기다림

이제 푸른잠자리는 아이 엄마를 찾기 위해 하늘을 날아다닙니다.

그런 잠자리를 기다리며 아이는 바닥에 귀를 대고 엎드립니다.

"또 기차가 오는 거니?"

"아니야, 그래서 그런 게 아니야."

바닥에서 일어난 산이가 잠자리에게 말합니다.

"그럼 왜?"

"엄마 때문에……."

"엄마 때문이라고?"

"엄마는 저 길로 떠났으니까."

작고 하얀 손가락이 철길을 가리킵니다.

"엄만 기차를 타고 갔어. 그래서 엄마가 보고 싶을 땐 땅바닥에 귀를 대고 기차 소리를 찾는 거야."

산이가 가리키는 철길을 보며 잠자리도 문득 엄마 생각을 합니다. 수백 개가 넘는 알을 낳고 사라져버린 엄마 얼굴을 기억할 잠자리는 세상에 없습니다.

엄마!

부르기만 해도 가슴 젖는 이름입니다.

엄마를 그리워했던 시간이 잠자리에게도 있습니다. 엄마와 함께 가는 아이들을 볼 때마다 얼마나 인간이 부러웠는지 모릅니다. 그런데 지금 엄마 없는 아이를 만난 것입니다. 인간들 세상에도 엄마 없는 아이가 있는 것입니다.

"엄마! 엄마!"

2년이란 유충 생활을 물속에서 보낸 뒤 막 허물을 벗고 세상으로 나오던 날 푸른잠자리는 큰소리로 엄마를 불렀습니다.

"엄마! 엄마!"

그 소리를 들은 밀잠자리 한 마리가 푸른잠자리를 바라봤습니다.

"날 보고 불렀니? 엄마라고?"

"네."

간절한 푸른잠자리의 눈빛이 밀잠자리를 향합니다.

"내가 왜 네 엄마니? 넌 장수잠자리지 밀잠자리가 아니잖아?"

황갈색 몸을 하고 있던 밀잠자리가 퉁명스런 표정으로 말합니다.

"알아요. 그렇지만……."

"알면서 왜?"

"엄마라고 불러보면 안 될까요? 엄마라고 부르게 해주세요."

"난 네 엄마가 아닌데도?"

"엄마가 그리워서 그래요. 엄마라고 한번 불러보고 싶어 그래요."

알에서 깨어나 눈을 뜬 순간 이미 날아가 버리고 없던 엄마. 밀잠자리 또한 한 번도 엄마를 본 적이 없습니다.

잠깐 생각에 잠겨 있던 밀잠자리는 이윽고 고개를 끄덕이며 푸른잠자리의 청을 들어줍니다.

"정 그러고 싶으면 그렇게 하거라."

"고맙습니다. 고마워요. 어, 엄마……."

한동안 그렇게 밀잠자리를 엄마라 부르며 따라다니기도 했습니다.

"어디서 음악소리가 나, 아빠."

글 쓰고 있는 시인을 향해 아이가 말합니다.

"건널목이 땡그랑 땡그랑 노래 부르는 거 아닐까?"

"아니야. 그런 소리가 아니야. 이번엔 하모니카 소리야."

"하모니카 소리?"

시인과 잠자리가 동시에 주위를 살핍니다. 그러나 하모니카를 부는 이는 어디에도 없습니다.

"우리가 못 듣는 소리를 산이는 들을 수 있어. 말을 못하지만 특별한 감성이 있으니까. 산이 마음속엔 아이같이 티 없는 어른이 숨어 있어."

아이의 머리에 손을 얹으며 시인이 말합니다.

"어른이 숨어 있다구요?"

"그래. 어느 날 밤, 잠든 산이를 내려다보고 있는 내게 또록또록한 소리 하나가 들려왔어. 처음엔 꿈을 꾸고 있는 건가 나 자신을 살펴봤지. 그러나 어느 순간 그게 산이의 마음속에 있는 어떤 존재가 말을 걸어오는 소리란 걸 알았어."

독백을 하듯 시인이 지그시 눈을 감습니다.

"강을 보세요! 그 소리는 그렇게 시작했어."

"강을 보라구요?"

"강, 내 안에 흐르는 강 말이야. 잔잔하고 맑은 목소리였어. 그때 비로소 난 산이가 말을 못하는 게 아니라 안 하는 것이란 생각을 하게 되었지. 산이는 진실을 잃어버린 인간의 말이 싫어 말문을 닫고 있는 거야."

허공을 향해 열어놓은 시인의 기억이 과거의 한순간을 더듬습니다.

"그날부터 강을 찾아 바깥으로 나갔지. 마음 깊숙한 곳에 있던 울분이 한꺼번에 터져 나와 강가에서 고래고래 소리를 지르기도 했어. 그러던 어느 날 갑작스런 깨달음이 찾아왔어. 내가 아무리 소릴 질러도 강은 묵묵히 흐르기만 하더군. 묵묵부답으로 흘러가는 강 위로 비친 건 초라하고 낯선 내 얼굴이었지. 그때까지 아무것도 보이지 않던 강 위로 그렇게 문득 내 얼굴이 떠오른 거야. 비로소 나는 내면을 들여다보기 시작했어. 놀랍게도 내 안에 강이 흐르고 있더군. 변하지 않는 흐름을 깊숙이 품고 있는 강처럼 내 안에도 변하지 않는 흐름이 있었어. 그 흐름을 발견한 순간 난 갑자기 잊고 있던 어린 시절의 꿈을 떠올렸지."

노을도 없는데 시인의 얼굴이 붉게 물들고 있습니다. 이야기에 몰입한 잠자리 또한 푸른 꼬리가 붉게 변하는 것만 같습니다.

"꿈꾸는 이는 많지만 그 꿈을 이루는 이는 많지 않아. 어린 시절의 꿈을 떠올리는 순간 난 갑자기 알아차렸지. 꿈을 이룰 수 없는 가장 큰 이유가 뭔지를."

"뭔데요 그게?"

"기다리지 못하기 때문에 그런 거야. 끝까지 가기도 전에 좌절하고 포기해버리기 때문에 이룰 수가 없는 거야. 끈질기게 기다릴 수만 있다면 꿈은 이루어지게 되어 있어."

"기다릴 수만 있다면 꿈이 이루어진다고요? 아무것도 안 하고도요?"

"아무것도 안 해도 된다는 말은 아니야. 참된 기다림은 마음을 다해 애를 쓰는 것이지. 기다리는 것에 익숙하지 않은 이들은 기다려야 하는 그동안에 이미 자기한테 그런 꿈이 있었던 건지조차 잊어버릴 때가 많아. 대부분의 꿈은 자기가 기대하던 것과는 조금 다른 방식으로 이루어질 때가 많으니까."

"그럼 아저씨의 꿈은 무엇이었나요?"

"내 안에서 소리 없이 자라기만 하던 꿈, 잊고 있었던 꿈…… 그건 시를 쓰는 일이었어."

잠자리를 바라보는 시인의 눈 속으로 파랗게 갠 하늘이 파도처럼 일렁입니다. 잠자리는 자신의 마음속에도 뭔가 꿈틀거리며 일어나고 있는 걸 깨닫습니다. 누군가 소리 질러 자신을 부르는 것 같기도 한 그 느낌이 너무 강렬해 잠자리는 창공을 향해 솟구쳐 오릅니다.

'내가 꿈꾸던 것은 무엇인가?'

날아오르며 잠자리는 스스로를 향해 그런 질문을 던집니다. 비로소 잠자리는 자기 안에 소리 없이 강물 하나가 흐르고 있었다는 사실을 깨닫습니다.

'꿈꾸는 이는 많지만 그 꿈을 이루는 이는 많지 않아. 꿈을 이룰 수 없는 가장 큰 이유는 기다리지 못하기 때문에 그런 거야.'

날아오르는 동안 잠자리는 몇 번씩 시인이 했던 말을 되뇌어봅니다.

뭔가가 이루어지기 위해선 그렇게 시간이 필요한 것입니다. 강물이 흘러가 바다를 만나듯, 땅속의 씨앗이 바람과 햇빛을 만나 한 송이 꽃으로 피어나듯, 모든 것엔 그렇게 기다림의 시간이 필요한 것입니다.

강물이 흘러가듯 내 안에도 변하지 않는 흐름이 있어.

푸른 하늘 모퉁이

나는 꿈꾼다 이루지 못한 것들을
나는 꿈꾼다 내가 아닌 것들을

푸른잠자리는 날마다 산이 엄마를 찾기 위해 동분서주했습니다.

"파란 옷을 입고 있었어. 모자를 쓰고 말이야. 철길 위로 날아가다 발견한 사람인데……."

좀 특별한 사람이 눈에 띄기만 해도 푸른잠자리는 재빨리 날아가 산이 엄마가 아닌가 물어보곤 합니다.

물론 잠자리의 말을 알아듣는 이는 없습니다. 미물이라며 하찮게 여기는 잠자리를 눈여겨보는 이도 없습니다. 생명의 소중함에 눈뜨기까지도 인간은 많은 시간을 보내야 합니다.

"파란 옷 입은 사람? 어떻게 생겼는데?"

잠자리의 보고를 받을 때마다 산이는 눈을 동그랗게 뜨고 되묻습니다.

"모자를 쓰고 있었어. 망치를 들고 레일을 두드려보기도 하고 갑자기 발로 침목枕木을 툭툭, 차기도 하고 그랬어."

"모자를 썼다구?"

"응. 옷 색깔과 같은 파란 모자를 쓰고 철길을 점검하고 있었어."

"아냐. 우리 엄마는 모자 같은 건 안 써. 남자 사람도 아니고, 철길 같은 거 점검할 줄도 몰라."

아니라는 산이의 말이 떨어지기가 무섭게 잠자리는 다시 하늘을 향해 날아갑니다. 잠자리가 돌아오길 기다리며 산이는 지나가는 기차마다 손을 흔듭니다.

"이번엔 여자 사람이 틀림없어. 치마를 입고 있었으니까. 손엔 작은 책자 하나씩을 들고 있었어."

푸른잠자리는 그때까지 남자와 여자를 잘 구별하지 못했습니다. 여자는 대부분 치마를 입고 있다는 새로운 사실을 알게 된 잠자리는 이제 치마 입은 사람에게만 달려가곤 합니다.

"작은 책을 들고 있다고?"

"응. 두 사람이 같이 다니는 걸 보고 따라가 봤어. 그 중에 한 여자가 네 엄마일지도 모르니까."

"맞아. 우리 엄만 책을 들고 다닐 거야. 동화책을 잘 읽어줬으니까."

책 이야기가 나오자 산이는 반갑게 손가락을 움직여 종알댑니다.

"엄만 내가 좋아하는 이야긴 다 외우고 있어."

"그렇지만 그 사람들은 책을 읽어주는 것 같진 않았어."

"그럼?"

"집집마다 다니며 인터폰을 눌렀어."

"왜?"

"기쁜 소식을 전해주기 위해서."

"기쁜 소식?"

"응. 그 사람들이 그랬어. 곧 심판의 날이 온다고. 나쁜 사람들은 왼쪽으로, 그리고 좋은 사람들은 오른쪽에다 세워놓는다고 했어. 왼쪽 사람들은 다 심판받고, 오른쪽 사람들만 날개가 달려 하늘나라로 올라간다고 했어. 오른쪽에 설 수 있는 방법을 알려주려고 그 여자들은 바쁘게 다니는 거야."

"심판이 뭔데?"

"나쁜 사람과 좋은 사람을 가려내는 대회 같은 건가 봐."

"대회?"

"운동회 같은 것 말이야."

운동회라는 말을 들은 아이가 눈을 반짝입니다. 잠자리도 길 건너 초등학교에서 열렸던 가을운동회를 떠올리며 즐거워합니다.

"그럼 우리 엄마가 운동회에 갔단 말이구나?"

"그래. 그것 때문에 바빠서 널 잊어버린 건지도 모르잖아. 두 사람 중에 빼빼 마른 여자가 네 엄마일 것 같아."

"그건 왜?"

"그 여자가 네 아빨 부르고 있었으니까."

"우리 아빨 불러?"

"틀림없어. 아버지, 아버지, 하고 부르며 눈물까지 흘렸어."

산이는 얼른 판단이 서질 않습니다. 아버지한테 수건 좀 갖다 드려라, 하고 심부름을 시킬 때 엄만 간혹 아버지라는 말을 쓰기도 했으니까요.

"그렇지만 우리 엄마는 아닌 것 같은데?"

"왜?"

"우리 엄마는 오른쪽에 서는 건 기쁜 소식이라고 생각 안 해. 기쁜 소식은 작지만 편안한 새 집을 구하는 거라고 했어."

"새 집?"

"응. 그래야 마음 놓고 살 수 있다고 그랬어."

하기야 산이의 엄마가 아닐지도 모릅니다. 잠자리가 볼 때 그 사람들은 사실 별로 아는 것이 없는 것 같았습니다. 하느님, 하느님 하고 부르고 있지만 그 사람들 비행 실력으로 하느님 만나기란 쉽지 않을 것 같습니다.

때로는 기차의 콧잔등에 앉아 먼 곳까지 찾아다니면서도 푸른잠자리는 힘든 줄을 모릅니다. 머릿속에는 오직 산이를 도와야 한다는 생각 하나뿐. 꽃들의 우체부 노릇하던 때가 지금과 비슷했습니다. 그때 역시 보람 있는 일을 한다는 생각에 힘든 줄도 몰랐으니까요.

옛날 일을 떠올리자 다시 오렌지코스모스 생각이 납니다. 그녀가 있는 쪽을 피하려고 애써 먼 길로 돌아가면서도 머릿속엔 여전히 미련이 잔불처럼 꺼지지 않고 남아 있는 것입니다.

"혹시 산이 엄마 아니세요? 혹시? 혹시? 혹시……?"

잠자리는 이제 만나는 사람마다 무작정 물어보기로 합니다. 산이가 얘기해준 외모만으로는 누가 누군지 알아볼 수 없기 때문입니다.

그러나 사람들은, '어, 아직도 잠자리가 있네?'

아니면, '무슨 놈의 잠자리가 사람한테 달려들어?'

이런 식으로 푸른잠자리를 내칠 뿐입니다. 하기야 말이 통하지 않는 사람들을 나무랄 수만도 없는 노릇이죠.

그렇게 답답한 심정으로 여기저기를 기웃거리던 어느 날 푸른잠자리는 팔랑거리며 날아가는 나비를 만났습니다. 너무나 오랜만에 본 나비입니다. 그간의 안부가 궁금했던 잠자리는 앞서 가는 나비를 따라 바쁘게 날아갔습니다.

나비가 날아간 곳은 공항이었습니다. 그 작은 날개로 비행기가 있는 공항까지 날아간 것입니다.

"네 이름은 뭐니?"

무슨 목적에선지 나비는 활주로에 내려앉은 비행기에게 이름을 묻고 있었습니다.

커다란 비행기 앞에서도 주눅 들지 않고 당당한 나비를 잠자리는 숨죽인 채 바라보기만 합니다.

처음으로 비행기를 가까이에서 본 푸른잠자리는 커다란 몸집에 위압감을 느껴 온몸이 움츠러들 지경입니다. 비행기가 이렇게 클 줄 몰랐습니다. 하늘에 떠 있을 때와 달리 가까이에서 본 비행기의 몸집은 눈을 의심할 정도로 거대했습니다.

오렌지코스모스가 동경의 눈길을 보낼 만큼 늠름하고 당당한 비행기의 위세에 푸른잠자리는 그만 바닥에 엎드린 채 숨죽이고 있습니다.

그러나 '오렌지코스모스가 저 친구를 좋아하고 있다'라고 생각하는 순간 잠자리는 강하게 질투를 느낍니다. 곧이어, '저 애한테 비하면 난 왜소하기 짝이 없어'라는 생각이 들자 치솟던 질투는 온데간데없고 서글픔만 밀려옵니다.

비행기에게 편지를 전해달라던 오렌지코스모스의 목소리가 가슴을 짓누릅니다. 은빛 날개를 빛내고 있는 저 당당한 모습. 여유를 부리고 있지만 나비 또한 간신히 찍어놓은 점만큼이나 왜소할 뿐입니다.

"네 이름이 뭐냐니깐?"

그러나 주눅 든 잠자리와 달리 나비는 큰 목소리로 비행기의 이름을 묻습니다.

"난 보잉 747이야."

"뭐? 747? 무슨 이름이 그렇게 숫자로 되어 있니? 몸뚱이만 비대한 줄 알았더니 넌 이름부터 우스꽝스럽구나."

우스워 죽겠다는 듯 날개를 흔들며 손뼉까지 쳐대는 나비. 그런 나비를 바라보며 푸른잠자리는 나비가 제정신이 맞는지 걱정스런 마음에 조마조마하기만 합니다.

"그런데 747아, 넌 무슨 일을 하는 거니?"

"무슨 일이라니?"

"넌 참 신기하구나. 도대체 그렇게 무거운 몸으로 어떻게 하늘을 날 수 있니? 날아다니는 목적이 뭐냐고?"

질책이라도 하듯 연거푸 질문을 퍼붓는 나비를 향해 비행기는 뜻밖에 기죽은 목소리로 대꾸를 합니다.

"내 몸 속엔 많은 사람들이 타고 있어. 그러니까 난 사람들이 가고 싶은 곳으로 데려다주는 일을 하고 있어."

때맞춰 비행기 속에 있던 승객들이 내리기 시작합니다.

'저 애는 사람들까지 토해낼 수 있구나!'

사다리 같이 생긴 층계를 이용해 비행기에서 빠져나오는 사람들을 보며 잠자리는 저도 모르게 감탄사를 토합니다.

"근데 넌 정말 가볍게 보이는구나. 그 작은 날개로 하늘을 날 수 있다니 정말 깜찍하구나."

덩치만 클 뿐 아는 것이 별로 없는 비행기는 처음 본 나비가 그저 신기한지 질문을 시작합니다.

"가벼워서 넌 기름도 적게 먹겠구나?"

"기름?"

"그래. 난 그걸 먹어야 날아갈 수 있거든."

"기름 같은 건 내 식성이 아니야. 난 환경을 오염시키는 건 먹지도 않아. 내가 먹는 건 꽃들의 꿀이나 수액 같이 순수한 자연식이야. 엉겅퀴나 백일홍 같은 꽃들의 꿀을 빨아먹고 살지 난. 나 말고 우리 친구들 중엔 탱자나무나 산딸기 꽃에 있는 꿀을 좋아하는 아이들도 있고."

"그럼 넌 새처럼 위험한 존재는 아니겠지? 새들은 가끔 엔진 속으로 들어와 우리를 위험에 빠트린단다. 결례가 되지 않는다면 네 이름이 뭔지 물어봐도 되겠니?"

평소 항공사를 통해 예절교육을 제대로 받은 탓인지 비행기는 나비의 당돌한 태도에도 불구하고 예의를 갖춰 말합니다.

"보기보다 747 년 참 겸손하구나. 난 나비야. 꽃이 피는 것을 도와주고 있지. 그런데 네 피부는 왜 이렇게 딱딱한 거니?"

"난 기계야. 기계니까 그렇지. 기계들은 다 피부가 딱딱한 거야."

"기계?"

"그래. 사람이 조종하는 기계."

"사람이 조종한다고?"

"응. 기장과 부기장이 나를 움직여."

뜻밖의 말을 들은 나비가 깜짝 놀란 표정으로 비행기를 쳐다봅니다.

"그럼 넌 사람이 움직여야 날 수 있단 말이니?"

"응. 그렇게 움직이는 걸 조종한다고 해."

"그럼 네 마음대로 갈 수는 없는 거니?"

"응. 난 그저 사람들이 조종하는 대로 움직일 뿐이야."

"그럼 넌 생명이 없는 거구나?"

"생명?"

"그래. 나처럼 날아가고 싶을 때 마음대로 날아갈 수 있는 자유 말이야. 그런 걸 생명이라고 해."

이제 나비는 가엾다는 표정으로 비행기를 쳐다봅니다. 갑자기 울상이 되어 머뭇거리고 있는 비행기를 잠자리는 멀리서도 또렷이 느낍니다.

"그래. 네 말이 맞아. 난 자유가 없어. 사람들의 명령이 없으면 꼼짝도 할 수 없어."

"그렇구나. 넌 네 마음대로 날아갈 수 없는 기계였구나. 넌 참 불쌍하구나!"

이제야 알았다는 듯 나비가 커다랗게 손뼉을 치며 하늘로 날아오릅니다. 잠자리 역시 깜짝 놀라 나비를 따라 허공으로 치솟습니다.

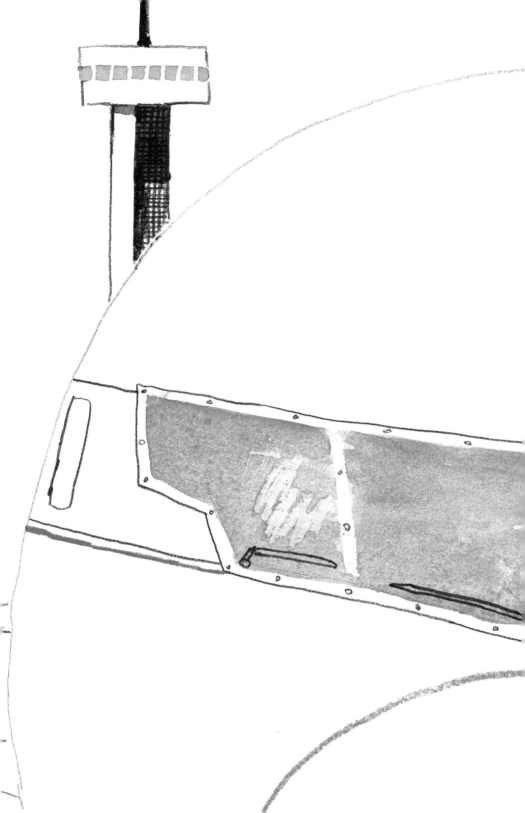

자유가 없는 것은 아름답지 않아.

"생명이란 자유로운 거다. 자유가 없는 것은 아름답지 않아. 아름다운 것은 모두 살아 있는 것이야."

자기를 따라 날아오르는 잠자리를 보자 나비는 그렇게 소리를 질렀습니다. 순간적으로 뭔가 깨달은 게 있는 모양입니다. 나비의 말을 듣는 순간 푸른잠자리는 문득 시간표에 맞추느라 달려가기만 하던 기차 생각이 났습니다. 바빠야 외롭지 않다고 말했지만 기차는 사실 마음대로 쉴 수 있는 자유가 없었던 것입니다.

잠자리는 이제 울렁거리는 가슴을 주체하기가 힘듭니다. 자신이 살아 있는 생명체란 사실을 비로소 알게 된 것입니다. 터질 것 같은 환희에 휩싸여 잠자리는 순식간에 나비를 앞질러 구름에 닿을 듯 높이 날아올랐습니다.

"나는 살아 있는 생명체다! 내겐 자유가 있어! 나는 내 뜻대로 살 수가 있다!"

잠자리 역시 나비처럼 한껏 소리를 질렀습니다. 자신을 짓누르고 있던 열등의식이 한꺼번에 날아가 버리는 순간이었습니다. 엄청난 폭음을 내며 날아오를 뿐 비행기가 생명이 없는 쇳덩어리라는 사실을 이제야 알게 된 것입니다.

"생명도 없는 기계한테 열등의식을 느껴 그렇게 괴로워했다니."

그 순간 다시 오렌지코스모스 생각이 났습니다. 황급히 날개를 움직여 푸른잠자리는 오렌지코스모스가 있는 쪽을 향해 날아갑니다. 어서 오렌지코스모스에게 이 사실을 알려야겠다는 생각이 마음을 바쁘게 한 것입니다.

그러나 잠자리는 그 순간, 다시 새로운 갈등과 만나게 될 줄 모르고 있었습니다. 삶이란 그렇게 새로운 갈등과 만났다간 헤어지고, 만났다간 헤어지고 하는 것의 반복이라는 사실을 까맣게 모르고 있었던 것입니다.

서리가 오기 전에

네가 걷고 있을 것이라는

그 생각 하나로 나는

세상의 험한 길들 다 사랑할 수 있다.

　

오렌지코스모스를 향해 날아가던 푸른잠자리는 이내 마음을 바꿔 먹습니다. 실망하는 그녀 모습을 보고 싶지 않았기 때문입니다. 그녀가 품고 있는 환상을 깨트리고 싶지 않은 잠자리는 방향을 바꿔 다른 쪽으로 날아갑니다.

'저건 뭐지? 저 늙은 나무의 가지에 매달려 있는 저것 말이야.'

방향을 바꿔 날던 잠자리 눈에 낯선 풍경 하나가 들어옵니다. 열매를 매달고 있는 사과나무가 눈에 띈 것입니다. 가지 위로 내려앉은 잠자리가 묻습니다.

"나무 할아버지, 지금까지 못 보던 건데 뭘 그렇게 잔뜩 팔에 매달고 계신 거죠?"

"이거 이 열매 말이니? 그렇게 날아다니면서도 넌 지금까지 이게 뭔지도 몰랐단 말이니?"

질문을 기다리기라도 했다는 듯 늙은 나무는 자랑스러운 표정으로 쑥, 가지를 내밉니다.

"미안해요, 할아버지. 제 눈엔 오늘에야 할아버지의 달라진 모습이 보였어요."

"그건 네가 그만큼 내게 관심을 두지 않았기 때문이야. 관심이 없으면 눈앞에 있는 것도 보이지 않는 법이지. 난 날아다니는 모습을 보며 네가 벌써 힘이 빠지기 시작하는구나 알아차렸는데? 매일 눈에 띄게 맥을 잃고 있는 햇살처럼 말이야."

"제가요? 제가 힘이 빠져 보여요?"

"그럴 때가 가까워져 왔어. 난 알고 있지. 옛날 내 팔뚝에 지금보다 훨씬 큰 사과가 달리던 그 시절부터 반복되던 일이니까."

"사과라구요?"

"그래. 지금 네가 신기하게 여기는 이걸 인간들은 사과라고 부르지. 그들이 가장 좋아하는 열매가 바로 이거야. 한입에 먹긴 너무 커서 인간들은 이걸 칼로 베어서 먹기도 하지. 예전에 난 해마다 지금보다 훨씬 많은 사과들을 주렁주렁 매달곤 했었다. 마치 빛나는 훈장 같았지. 추운 겨울을 견디고 봄에 꽃을 피워낸 뒤 작살 같이 꽂히는 여름 햇살을 견뎌낸 나무들만 달 수 있는 훈장 말이야."

옛날을 회상하며 늙은 나무는 아련한 추억에 잠깁니다. 그러나 그런 표정도 잠시뿐 사과나무는 다시 안타깝다는 듯 중얼거립니다.

"하기야 겨울이니 봄이니 하는 계절들을 넌 잘 모르겠지만……."

금세 쯧쯧, 혀라도 찰 듯 동정 어린 눈으로 보는 사과나무 앞에서 묘한 기분이 된 잠자리는 나무 꼭대기로 올라가 뭔가를 안다는 듯 한마디를 합니다.

"봄에 꽃을 피운다면 그럼 할아버지도 나비의 도움을 받으셨겠군요?"

"그럼. 나비랑 벌이랑 한동안 찾아오지 않던 그놈들이 오는 걸 보고 내 이럴 줄 알았지. 이렇게 열매가 달릴 줄 알았단 말이다. 봐, 난 아직도 열매를 맺을 수 있는 젊은 사과나무야. 너도 이제 내게 할아버지란 말을 쓰지 않았으면 좋겠구나."

보란 듯이 사과나무는 쑥, 팔을 뻗어 보입니다. 그 바람에 가지에 매달려 있던 작은 열매들이 방울처럼 요란스레 몸을 떱니다. 제대로 여물지 않은 그 열매들은 사과라기보다 살구나 앵두 같이 작기만 합니다. 푸른잠자리는 그제야 사과나무가 열등의식에 빠져 있다는 사실을 알아차립니다.

"그만두세요, 할아버지. 열매가 다 떨어지겠어요."

"그 참, 할아버지라고 부르지 말라니깐."

"알았어요, 사과나무 할…… 아니 사과나무 아저씨. 그건 그렇고 왜 아저씬 제가 힘을 잃을 때가 됐다고 생각하시는 거죠?"

"과거의 경험이 그렇게 이야기하고 있어. 경험이란 중요한 거지. 늙은이들은, 아니 난 늙은이가 아니지만. 좌우간 나처럼 나이가 들면 경험을 통해서 삶을 보게 되는 법이야. 내 열매에 붉은 빛깔이 짙어질 때쯤 잠자리들이 힘을 잃기 시작한다는 걸 난 오랜 경험으로 알고 있어."

다시 사과나무가 측은하다는 표정을 짓습니다. 그 눈길에 마음이 상한 푸른잠자리는 나무 꼭대기에서 내려와 빙빙 허공을 맴돕니다.

"그건 잘못된 생각이에요. 사과나무 할, 아니 사과나무 아저씨. 난 이렇게 잘 날아다닐 수 있는걸요. 그리고 아저씨 열매엔 아직 붉은 빛이 돌지 않아요. 칼로 베어서 먹을 만큼 크지도 않고요."

잠자리의 볼멘소리가 사과나무를 향해 날아갑니다. 잠자리의 말을 알아들은 열매들이 부끄러운 듯 얼굴을 가리며 몸을 떱니다.

"아, 그건 아직, 그건 말이야……."

사과나무도 금세 당황한 표정을 짓습니다.

"그건 아직 열매가 덜 익었기 때문이야. 다 익으면 달라질 거야. 틀림없어. 그건 틀림없는 사실이야."

손을 내저으며 변명하는 바람에 열매 하나가 툭, 바닥으로 떨어지고 맙니다. 떨어진 열매를 따라 몇 개의 열매가 더 떨어질 듯 흔들거리고 있습니다. 깜짝 놀란 사과나무는 더 이상 손을 내젓지 않습니다.

"그것 봐요 할아버지. 아니 할아버지가 싫다면 아저씨라고 불러드릴게요. 괜히 열매만 떨어졌잖아요. 떨어진 열매를 다시 주울 수 없다는 것쯤은 저도 알아요. 바닥에 떨어진 잠자리들이 다시 하늘을 날수 없는 것처럼 말이에요."

"그렇지만 서리가 내리기 전엔 틀림없이 내 열매들은 붉은 빛깔을 띤 먹음직스러운 사과가 될 거야. 올 여름 햇살을 제대로 못 받아서 그런 것뿐이야. 내 탓이 아니야. 저 게으른 태양 때문에 이렇게 되었단 말이다."

사과나무는 계속 변명을 늘어놓습니다.

태양이 게으르다니 그건 말도 안 되는 소리입니다. 날마다 정확한 시간에 일어나고 정확한 시간에 지는 태양만큼 성실하기란 쉬운 일이 아닙니다.

"그런 말 마세요, 아저씨. 올 여름 해님이 얼마나 부지런히 움직였는데요. 지금은 몰라도 해질 무렵엔 정말 그렇게 엉뚱한 이야기를 내뱉으면 안 돼요."

해가 중천에 높이 떠 있는 게 다행입니다. 석양 무렵에 하는 말은 자칫 태양이 들을 수도 있기 때문입니다. 휴식을 위해 고도를 낮추는 잠자리처럼 태양 역시 하루에 한 번 높이를 낮춰 땅 가까이 내려오기 때문입니다.

"좌우간 서리가 내리기 전엔 분명 붉고 큰 열매들이 될 거야. 난 아직 젊은 사과나무니까."

빼앗기지 않겠다는 듯 사과나무는 한껏 가지를 벌려 열매를 감싸안았습니다. 그런 사과나무의 모습은 왠지 욕심 많은 인간을 닮았습니다.

"그런데 도대체 서리가 뭐예요? 그건 소낙비하고 다른 건가요?"

푸른잠자리는 아까부터 마음에 남아 있던 질문을 합니다.

"서리 역시 비처럼 하늘에서 오는 건가요? 이슬비나 가랑비, 또는 실비나 소낙비 비슷한 것인가요?"

올 여름 만났던 비 이름들을 하나하나 떠올리며 푸른잠자리는 서리도 비의 한 종류일 것이라 상상합니다.

"아니야. 비가 아니야. 서리는 비하곤 달라. 비는 계절 없이 내리지만 서리는 그게 아니야. 서리란 신호 비슷한 거야. 겨울이 점점 가까이 다가오고 있다는 신호 말이야. 서리가 내리고 나면 곧 겨울이 다가오는 거지. 그건 나처럼 경험 많은 이들만 알고 있는 사실이야. 결코 서리가 올 때까지 날아다닐 수 있는 잠자리는 없어."

"뭐라구요? 서리가 올 때까지 날아다닐 수 있는 잠자리가 없다구요?"

"그래. 서리가 오기 전에 잠자리들은 다 이 세상을 떠난단다."

"네?"

이해가 가지 않는 소리였습니다. 이 세상을 떠난다니? 이 세상을 떠나 어디로 또 갈 곳이 있단 말인가? 넓은 하늘을 날아다녀 봤지만, 잠자리는 이 세상 외에 다른 세상을 본 적이 없습니다.

"이 세상을 떠난다니? 그럼 대체 어디로 간단 말이에요?"

"죽는다는 말이다. 설령 서리가 오기 전까지 살아 있다 해도 서리를 맞고선 더 배겨낼 재간이 없어. 날개가 다 젖어버릴 테니까. 몸이 무거워 날 수도 없을 거고. 그게 바로 죽음이라는 거다."

잠자리는 문득 다음 별로 갈 준비를 한다던 매미를 떠올렸습니다. 매미는 죽음을 일종의 여행이라고 말했습니다.

"죽음이란 다음 별로 가는 여행 같은 거라고 들었는데요?"

"여행은 무슨 여행. 생명이 끝나는데 무슨 재주로 여행을 해?"

"생명이 끝난다구요?"

"그래."

"아니, 그럼 자유를 잃어버린단 말인가요?"

깜짝 놀란 잠자리가 푸르르, 진저리를 치며 소리칩니다.

"그런 건 모르겠다. 애당초 나는 자유라는 걸 가져보지 못했으니까. 그러나 자유가 없어도 난 많은 경험이 있어. 죽고 나면 모든 게 끝인데 그까짓 자유가 무슨 소용이겠어. 어쨌거나 서리가 오기 전에 네 생명이 끝난다는 건 맞는 말이야. 이건 내 오랜 경험이 들려주는 이야기야."

충격적인 이야기였습니다. 비행기를 쫓아가다 절망하던 때처럼 마음이 바닥으로 곤두박질칩니다. 생명을 잃게 되다니, 자유를 잃게 되다니……. 자유가 없는 것은 아름답지 않다고 소리치며 날아오르던 나비를 떠올리며 잠자리는 날개에 기운이 쏙 빠지는 것을 느낍니다.

서리가 오기 전에 난 생명이 끝나.

맥빠진 잠자리를 보자 갑자기 사과나무는 잃었던 생기가 되살아난 듯 목청을 높여서 큰소리를 냅니다.

"난 너하고 달라. 내겐 그까짓 서리쯤은 문제될 것이 없지. 우리 사과나무들은 머리 가득 서리를 이고 있던 적이 한두 번이 아니니까. 그뿐인가 어디? 겨울이면 쏟아지는 눈을 고스란히 맞았던 적도 많아. 온몸에 하얗게 눈을 덮어쓰고 있었지. 얼어붙거나 좀 축축하긴 했지만 아무런 문제가 없었어. 그것만 봐도 넌 내가 얼마나 젊은 사과나무인지 알 수 있을 거야."

열매가 매달린 팔뚝을 내밀며 사과나무는 다시 자부심 가득한 표정을 짓습니다. 그러나 잠자리 귀엔 이제 더 이상 사과나무가 하는 말이 들리지 않습니다.

'생명이 다한다니? 죽어서 이 세상을 떠난다니?'

같은 말만 반복해서 귓속을 맴돕니다. 비행기를 향한 열등의식에서 빠져나오자마자 잠자리는 이제 더 큰 문제에 부딪힌 것입니다.

별에서 만나

별과 별 사이에 다리가 놓이는 날
다시 만날 수 있을지 모른다.
이 꽃에서 저 꽃으로 나비가 옮겨 가듯
저 별과 이 별이 이어지게 되는 날
우리는 다시 만날 수 있을지 모른다.

"그럼 아무도 우리 엄마가 있는 곳을 모르는구나."

실망한 얼굴로 산이가 말합니다.

슬픈 듯 천천히 수화를 하는 아이의 손을 보며 잠자리 가슴속엔 무거운 빗방울 하나가 돋아납니다.

"정말 찾아다닐 만큼 많이 찾아다녔어."

푸른잠자리도 이제 풀이 죽어 있습니다. 갈수록 자신이 없어지는 것입니다. 이러다간 정말 아이 엄마를 찾기도 전에 서리가 내릴지도 모른다는 불안감이 점점 힘을 얻고 있습니다.

"희망을 잃진 마. 내가 더 열심히 찾아볼게."

실망하는 산이가 안타까워 잠자리는 다시 날개를 펴고 일어섭니다. 사과나무의 예측대로 갈수록 힘이 빠지는 걸 느낍니다. 날아가다가도 문득문득 돌멩이 위로 내려앉고 싶을 때가 많습니다. 시인 역시 초조하게 서성거릴 뿐 시 쓰는 모습을 보기 힘듭니다.

"우리 엄만 노래를 잘 불렀어."

손가락 움직여 수화를 하던 산이가 철길 쪽으로 뛰어갑니다. 잔디는 이제 누렇게 마르고 있습니다. 가을이 점점 더 속도를 내고 있는 것입니다.

"엄마가 불러주던 자장가 소리가 들려."

서늘해진 땅바닥이 차갑지도 않은지 아이는 또 바닥에 뺨을 댑니다.

"난 엄마 입만 봐도 노래하는 걸 알 수 있어. 노래할 때 엄만 입을 크게 벌리거든. 땅바닥에 귀 대고 들으면 엄마 노랫소리가 들려. 땅이 내 가슴에다 쿵쿵거리는 소리를 전해주니까."

안타까운 마음으로 잠자리는 허공을 봅니다.

"더 찾아볼게. 이번엔 안 가던 쪽으로 한번 가보고 올게."

다시 푸른잠자리가 하늘로 날아오릅니다. 이젠 비행 중에 잠자리 친구들을 만나기가 어렵습니다. 다들 어디로 간 건지 찾아볼 수 없습니다.

푸른잠자리는 그동안 오렌지코스모스를 피하느라 가지 않던 공원 쪽으로 방향을 잡습니다. 수많은 나무들이 가로수로 서 있는 곳입니다.

"이게 무슨 소리지?"

코스모스 군락이 있는 길 쪽으로 들어서자 울음소리가 들려왔습니다. 놀란 잠자리는 재빨리 고도를 낮춰 울음소리를 찾아갑니다.

"아니, 단풍나무가?"

단풍나무였습니다. 이파리 끝이 모두 말라버린 단풍나무가 소리내어 울고 있는 것입니다.

"왜 그러는 거니? 단풍나무야. 왜 이렇게 울고 있는 거니?"

푸른잠자리는 그동안 찾지 않던 친구에게 미안한 마음이 앞섭니다.

"미안해, 단풍나무야. 내가 너무 무심했던 것 같아. 그동안 편지도 제대로 전해주지 못하고……."

친구를 잊고 있었다는 데 생각이 미치자 푸른잠자리는 미안함에 어쩔 줄 몰라 사과부터 합니다.

"다 끝났어. 이젠 편지고 뭐고 다 끝난 이야기가 되고 말았어."

체념한 목소리로 단풍나무가 잠자리에게 말합니다. 발밑엔 떨어진 단풍잎이 수북이 쌓여 있습니다.

"단풍나무야. 왜 그러니? 미안해. 정말 내가 너무 무심했어."

"분홍코스모스가, 분홍코스모스가……."

잠자리의 위로에 다시 설움이 복받친 듯 단풍나무가 흐느끼기 시작합니다. 단풍나무가 가리키는 곳을 보는 순간 푸른잠자리는 깜짝 놀라 소리를 지릅니다.

"아니? 도대체 이게 무슨 일이야?"

놀란 푸른잠자리가 세찬 날갯짓으로 그쪽을 향해 날아갑니다. 분홍코스모스가 보이지 않았기 때문입니다. 늘 그 자리에서 긴 목을 하늘거리고 있던 분홍코스모스가 흔적도 없이 사라져버린 것입니다.

"아니? 이게 어떻게 된 일이니? 도대체 이게 어떻게 된 일이냐고?"

"그 나쁜 녀석이, 그 불한당이 와서 꺾어가 버렸어. 제 여자에게 주기 위해 코스모스들을 몽땅……."

그제야 푸른잠자리는 상황을 짐작합니다. 근처의 코스모스들이 다 꺾여 나가고 없는 것입니다.

'죄 없는 꽃을 함부로 꺾다니!'

치솟는 울분을 삭이지 못해 씩씩거리던 푸른잠자리는 갑자기 불길한 생각에 숨이 턱, 막힙니다.

"아니, 그럼 혹시?"

오렌지코스모스 생각이 난 것입니다. 오렌지코스모스 또한 분홍코스모스 못지않게 인간이 탐낼 만큼 아름다웠기 때문입니다.

"단풍나무야, 미안해. 잠깐만, 다녀올 데가 있어. 잠깐만……."

날개를 거꾸로 단 듯 허둥대며 푸른잠자리가 날아간 곳은 오렌지코스모스가 있는 곳입니다.

"아니, 푸른잠자리. 왜 이렇게 늦게 왔어요? 왜? 왜?"

푸른잠자리를 보자 일제히 소리를 지른 건 길가의 들풀들입니다. 뽀얗게 먼지를 덮어쓴 들풀 뒤로 맨몸을 드러내고 있는 황토를 보는 순간 잠자리는 눈앞이 캄캄해졌습니다.

"아, 아니 이게 도대체? 이게 무슨 날벼락 같은 일이에요?"

망연자실 푸른잠자리는 할 말을 잊어버립니다. 보여야 할 오렌지코스모스의 모습이 보이질 않는 것입니다.

"포크레인이 그랬어요. 포크레인! 인간이 조종하는 기계 말이에요. 하마터면 우리도 다 뽑혀 나갈 뻔했어요. 아니, 내일이면 우리도 뽑

혀 나갈지도 몰라요. 포크레인이 오렌지코스모스를 뿌리째 갈아 엎
어버렸어요."

기계라는 말을 듣는 순간 잠자리는 비행기를 떠올립니다. 기계를
동경하던 코스모스가 기계에 의해 뿌리째 뽑히다니 기가 막힐 일입
니다.

"아니 생명도 없는 기계가 어떻게 오렌지코스모스를?"

"그동안 그 애가 얼마나, 얼마나 푸른잠자리를 기다렸는데……."

"오렌지코스모스가 저를, 저를 기다렸다고요?"

"그럼요. 어쩜 그렇게도 그 아이의 마음을 모르시는 거예요?"

"마음을 모르다니 그건 또 무슨 말이에요?"

"푸른잠자리가 찾아오질 않는다며 오렌지코스모스가 얼마나 서운
해했는데요. 가녀린 목을 빼고 얼마나 기다렸는지 몰라요."

"그게 정말이에요? 오렌지코스모스가 날 기다렸다는 게 믿어지지
가 않아요. 내가 귀찮고 부담스럽기만 하다던 오렌지코스모스가……
비행기에게 편지를 전하지 않는다고 토라지던 오렌지코스모스가?"

"정말 답답하군요. 그 애가 어디 편지 보낼 데가 없어 그런 기계한
테 편지를 보내겠어요? 그건 다 푸른잠자리 마음을 확인하기 위한
거였어요."

새로운 사실에 놀라 잠자리는 날갯짓을 할 힘도 남지 않았습니다. 흘릴 수 있는 눈물이 있다면 쏟아져 강을 이룰지도 모를 일입니다. 그러나 아쉽게도 잠자리는 흘리고 싶어도 흘릴 눈물조차 없습니다.

"화무십일홍花無十日紅이라고 한번 핀 꽃은 지게 마련이지. 그렇게 슬퍼할 것까진 없다."

그때, 흐느끼는 잠자리를 위로하는 나직한 소리 하나가 들려왔습니다. 모르는 사이 누군가가 잠자리를 지켜보고 있었던 것입니다.

"슬프다고 설마 내 목소리까지 잊진 않았겠지?"

소리 임자는 매미였습니다. 쉬고 메마른 음성은 이제 온종일 소리를 지르던 전성기 때의 그 매미 소리가 아니었습니다. 포크레인이 파헤친 나무뿌리 곁에 앉아 매미는 가만히 잠자리를 바라보고 있습니다.

"아니, 매미 아저씨!"

"왜? 아직까지 있는 게 신기하니?"

"다음 생을 준비하신다며 떠나셨잖아요?"

"그래. 다음 생을 준비했지. 이젠 그 준비도 끝났다."

"준비가 끝났다고요?"

마음속 눈물을 훔쳐내며 잠자리는 매미의 다음 말을 기다립니다.

"그래. 누구나 떠나야 할 때가 있는 거지. 지난번에 내가 다른 별로 옮겨간다고 말했던 적이 있지. 오렌지코스모스도 마찬가지야. 다음 단계의 별로 떠났다고 생각하면 네 마음이 편해질 거야. 그러니 너무 슬퍼할 건 없다. 원래 삶이란 죽음에 의해 완성되는 거니까."

진지하게 말하는 매미의 이야기에 잠자리는 차츰차츰 슬픔도 잊고 끌려들어 갑니다.

"오랫동안 땅속에서 세월을 보낸 나야 누구보다 죽음에 대해 잘 알지. 죽은 것들은 대체로 땅속에 묻히니까. 땅속에 있었던 나와 달리 너는 물속에서 유충 시절을 보내 잘 실감이 안 날지도 모르겠지만."

매미의 말을 들은 푸른잠자리는 잊고 있던 어린 시절을 떠올립니다. 날개가 있는 지금과는 완전히 다른 모습으로 보냈던 유충 시절이 불현듯 기억난 것입니다.

"그러니까 아저씬 물이 아니라 땅속에서 성장한 것이군요?"

"그래. 긴 세월 동안 깜깜한 땅속에서 인내심을 길렀지. 땅속에 있는 우리를 굼벵이라고 멸시하지만 자그마치 17년 동안이나 땅속에서 굼벵이 생활을 하는 매미가 있다는 사실을 알면 모두 놀라고 말 걸. 그런 인고 끝에 성충이 된 우리가 지상에서 누릴 수 있는 수명이 얼마나 되는 줄 아니?"

"얼마나 되죠?"

"평균 2주, 길어야 3주를 넘지 못한단다. 그러니 평균 수명에 비하면 난 장수한 셈이야. 친구들이 죽는 걸 처음 봤을 땐 나도 너처럼 울기만 했어. 한여름 내내 울어대는 매미들은 다 그런 아픈 사연이 있는 거야."

해탈한 도인 같이 툭툭 내뱉는 매미의 말을 푸른잠자리는 주의 깊게 듣습니다. 생사에 통달한 것 같은 매미 입에서 혹시 오렌지코스모스를 다시 만날 방법이 나오지는 않을까 하는 엉뚱한 기대를 가지고 말입니다.

"오렌지코스모스를 다시 만날 길은 없을까요, 아저씨?"

"없어. 한번 꺾인 꽃을 다시 살려낼 방법은 어디에도 없어."

잠자리의 기대를 단숨에 꺾어놓겠다는 듯 매미는 목소리에 힘을 주어 단정적으로 말합니다.

"생명 있는 모든 것들은 다 죽음을 맞이하게 돼. 태어나는 그 순간부터 모든 생명은 죽음을 향해 나아가고 있는 거야. 그게 진리지. 만약에 죽지 않고 영원히 살 수 있다면 넌 어떻게 될 거라고 생각하니?"

"그럴 수도 있긴 있나요?"

"없어. 있다면 그건 일종의 재앙이지. 보기 싫은 자를 영원히 봐야 한다고 생각해봐. 그것만 해도 괴로운 일이지. 너 역시 거미만 보면 진저리를 치잖아. 네 몸을 꽁꽁 묶어버릴 거미줄을 생각해봐. 이름만 들어도 끔찍한 거미를 영원히 봐야 한다면 어떨까? 그래도 더 살고 싶은 생각이 들까?"

정말 생각하기도 싫은 끔찍한 일입니다. 거미 생각을 하는 순간 푸른잠자리는 진저리를 치며 손사래를 칩니다.

"아니요. 그러고 싶지 않아요. 생각만 해도 무서워요. 얼마나 많은 잠자리들이 거미줄에 걸려 버둥거렸는지 아저씨도 알잖아요."

"그래. 영원히 산다는 건 그것과 비슷해. 거미줄에 걸려 버둥거리는 것과 비슷하다는 말이지. 그건 정말 재앙이야. 그런 재앙을 방지하기 위해 자연은 죽음이란 장치를 마련해둔 거지. 죽음이란 삶에 대한 일종의 안전장치인 셈이야. 죽음을 통해 우린 낡은 것들로부터 벗어날 수 있으니까. 죽음은 삶에 대한 극적인 반전이야. 그러니 죽음 앞에서 그렇게 슬퍼할 필요가 없다는 말이다."

"그럼 사과나무는요? 사과나무도 죽게 되나요?"

서리가 오기 전에 잠자리들은 다 세상을 떠날 것이라 말하던 사과나무가 떠올라 잠자리는 그렇게 묻습니다.

"사과나무든 거미든 마찬가지야. 생명 있는 것들은 다 똑같아. 반드시 죽고 말지."

"거미도요?"

"물론이지. 죽음엔 예외가 없어. 모든 생명은 죽음 앞에 평등해. 태어나서면서부터 우린 모두 시한부 삶을 살고 있어. 시한부인 만큼 삶은 더욱 소중한 것이고. 여기저기 그물을 쳐두고 우릴 뜯어먹으려 기다리는 거미의 삶도 소중하긴 마찬가지야. 먹고 먹히는 건 모두가 똑같으니까. 따지고 보면 우린 모두 누군가의 희생을 통해 자신의 삶을 유지하고 있어. 먹고 먹히는 관계 자체가 사실은 삶의 질서이니까. 알고 보면 너 역시 많은 벌레들을 잡아먹으며 살아왔잖아."

예리한 매미의 지적에 할 말을 잃은 잠자리가 머뭇거리다 말합니다.

"그래도 전 해충만 잡아먹었어요."

"그건 궁색한 변명일 뿐이야. 해충이란 자연의 기준에서 정한 것이 아니라 인간이 자의적으로 정한 것이니까. 그들 필요에 따라 멀쩡한 벌레들이 해충으로 분류되기도 하고, 잡초라는 이름으로 많은 풀들이 뽑혀 나가기도 하지. 힘 가진 자들에 의해 정해진 질서는 참된 질서가 아니야. 그건 단지 질서라고 호도되는 폭력일 뿐이지."

그 말을 들은 잠자리는 비로소 자신이 잡아먹었던 벌레들에게 미안한 마음을 갖습니다. 자신의 생명을 유지하기 위해 잠자리 역시 무수한 생명들을 뺏어왔으니까요.

"그렇지만 너무 죄책감에 시달릴 필요는 없어. 자연의 이치가 그런 거니까. 벌레를 먹어야 살 수 있는 네가 나처럼 나무 즙만 빨아먹고 살 순 없잖아?"

"아저씨 말을 듣고 보니 세상은 정말 불합리하게 움직이고 있다는 생각이 드네요."

"그렇지. 그러나 따지고 보면 그게 꼭 불합리한 것만은 아니란다. 그렇게 해서 자연은 항상 신선함을 유지하는 거니까. 먼저 난 것은 가고, 새로운 것이 태어나는 순환을 통해서 말이야. 그런 법칙에 순응하지 않고 저항하는 건 인간뿐이야."

"그래서 인간이 나쁜 건가요?"

"나쁘다기보다 그들은 자연의 질서에 어긋나는 일을 자주 하지. 먹을 만큼 먹고 나면 더 이상 탐하지 않는 우리 같은 곤충과 달리 오로지 쌓아두기 위한 목적으로 남의 몫을 가로채는 인간도 많아. 그렇게 욕심 많은 생명체가 지배하는 세상에서 죽음이 없다면 어떻게 되겠니? 그나마 죽음이라는 장치가 있으니 낡은 것들이 청소될 수 있는 거란다. 그래서 죽음을 통해 삶이 완성된다는 이치가 성립되는 거야."

긴 이야기를 토해낸 매미가 허공을 올려다봅니다.

"하늘은 여전히 푸르기만 하구나. 몇 분 후면 난 호흡을 멈추게 될 거다. 아니 몇 초 뒤가 될지도 몰라. 그렇지만 두렵진 않아. 죽음을 두려워하는 것 역시 곤충보다 인간이 심해. 그들은 한 번도 땅속에서 오랜 시간을 보낸 적이 없으니까."

호흡을 고르는 듯 잠시 말을 멈춘 매미는 푸른잠자리의 발가락을 끌어당겨 가슴 위에 놓습니다.

"너무 슬퍼하지 마라, 푸른잠자리야. 사랑이란 대체로 이기심의 또 다른 형태인 경우가 많아. 이제 너 자신을 가두는 이기적인 사랑에서 벗어나 더 큰 사랑을 배우거라."

"큰 사랑이요?"

"큰 사랑이란 자신을 버리는 거란다. 스스로의 존재를 버릴 때 비로소 참된 자기가 발견되는 법이지. 사랑을 통해 남에게 자신을 주는 법을 배우거라. 삶이 소중한 건 가슴 깊이 사랑을 키우고 있기 때문이다."

말을 마친 매미의 호흡이 점점 빨라지기 시작합니다. 정말 생명이 빠져나갈 순간이 가까워진 모양입니다.

큰 사랑이란 자신을 버리는 거란다.

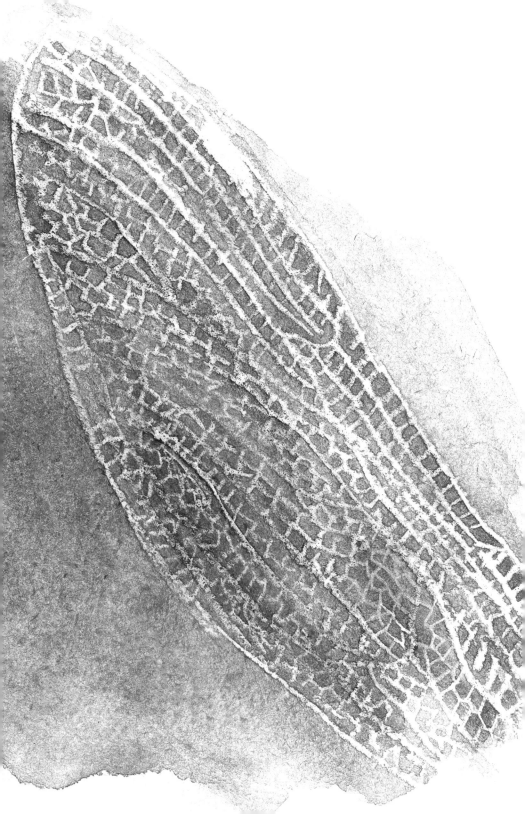

"아, 아저씨. 매미 아저씨!"

갑자기 닥쳐온 일에 푸른잠자리는 오렌지코스모스에 대한 슬픔도 잊은 채 갈팡질팡합니다.

"이 일을 어떡해? 아, 아저씨. 의사를, 의사를 불러야 되는데……."

"내 몸은 내가 안다. 의사는 필요 없어. 생명이 빠져나가면 내 몸은 따로 또 필요로 하는 데가 있어. 곤충 가운데 가장 부지런한 것들이 나를 데리러올 거야. 그들은 내 몸을 양식 삼아 겨울을 나야 한다. 지금까지 난 그걸 준비하러 다녔어."

"네?"

"여름 내내 소리를 지르며 외쳤지만 마지막으로 내놓을 건 이 몸뚱이밖에 없구나. 다시 한 번 말하지만, 남에게 자신을 주는 법을 배워야 한다, 푸른잠자리야."

말을 마친 매미는 크게 눈을 치켜뜬 뒤 호흡을 가다듬습니다.

"까마득하게 잊고 살았겠지만, 물속에서 유충 시절을 보내던 시절 네가 품은 꿈은 날개를 펴고 날아가는 것 하나였어. 그건 나 또한 마찬가지였다. 우린 똑같이 하늘을 나는 꿈을 안고 오랜 세월 동안 인내한 거야. 그걸 잊어선 안 된다."

"아저씨 말을 듣고 보니 정말 그렇군요."

"성충이 되어 마음껏 창공을 날아다닌 너와 난 이미 그 꿈을 이루었어. 자신이 이루고자 했던 꿈이 이루어졌는지도 모르고 불만에 빠진다면 그건 정말 어리석은 일이야. 넌 결코 비행기보다 열등한 존재가 아니다. 넌 비행기가 해낼 수 없는 기술을 가지고 있단다."

숨을 몰아쉬면서도 매미는 잠자리에게 마지막으로 일깨워주고 싶은 이야기가 있는 듯 사력을 다합니다.

"비행기가 해낼 수 없는 기술을 가지고 있다고요?"

"그래. 너만이 할 수 있는 비행 기술이 네겐 있어. 너만 모르고 있지만."

"그게 뭔가요? 그 기술이?"

"정지 기술이다. 비행 중에 정지를 하는 기술 말이다. 죽었다 깨어나도 난 너처럼 그렇게 할 수는 없다. 비행기 또한 마찬가지야. 우리는 빠르게 앞으로 날아갈 수만 있을 뿐 공중에 멈춰 설 수 있는 기술이 없어. 나도, 까치도, 그리고 비행기도, 그 누구도 그걸 해낼 순 없다. 속으로 우린 너를 부러워했다. 네게 열등의식을 느끼는 곤충도 아마 없진 않을 것이다."

처음 듣는 이야기였습니다. 열등감에 빠져 있는 자기를 보며 또 다른 열등감을 느끼는 곤충들이 있다는 말에 잠자리는 깜짝 놀랐습니다.

"정말 상상도 못했던 일이네요. 제게 열등감을 느끼는 곤충이 있다니……"

"그러니까 잠자리야, 이제 남은 생은 너 자신에 대한 자긍심을 가지고 살아야 한다. 가장 소중한 것은 너 자신이다. 이건 결코 이기적이 되라는 말이 아니다. 진실로 자신을 소중하게 여기는 이는 타인 또한 배려하고 존중할 줄 아는 법이니까. 이 생을 끝내고 옮겨갈 다음 별은 여기보다 나무가 더 많은 별이었으면 좋겠구나. 자 이제 다음 별에서 보자. 거기와 여기가 연락이 닿는 곳이라면 네게 연락할 수 있을 텐데……"

그 말을 끝으로 매미는 크게 한 번 숨을 몰아쉰 뒤 거짓말처럼 뚝, 호흡을 멈춥니다. 지상에서의 마지막 숨을 거둔 것입니다.

황망한 상태에서도 잠자리는 다음 별에서 보자던 매미 말을 떠올립니다. 별과 별 사이에 통신이 되는 날엔 매미는 정말 연락을 취해 올지도 모릅니다. 그런 생각을 하자 죽음이 마치 여행 같이 느껴져 잠자리는 잠깐 환상에 빠집니다.

그런 잠자리의 환상을 깨트린 건 사르륵거리며 기어오는 발자국소리였습니다. 서늘해진 땅 위를 조심스레 기어오던 그 소리는 차츰

행군하는 군대의 발자국 소리처럼 커지며 푸른잠자리를 놀라게 했습니다.

소리의 주인은 개미떼였습니다. 미리 약속이라도 한 듯 정확한 시간에 개미들이 몰려온 것입니다. 곤충 중에 가장 부지런한 것들이 자기를 데리러올 것이라던 매미 말을 떠올리며 잠자리는 황급히 그들을 피해 나뭇가지 위로 올라갔습니다.

사라지는 것은 없다

어디서 왔는지도 모르면서 사람들은

어디로 갈 거라고 한다.

물 위에 비친 달이 언못을 빠져나가듯

어디로 가는지도 모르면서 사람들은

사라진다고 한다.

중얼거리는 소리에 놀라 눈을 뜨자 햇살이 비치고 있습니다. 밤새
잠 못 이루다가 새벽녘에야 잠이 들었던 모양입니다.

"이젠 이까짓 이슬에도 한기가 드네."

투덜거리는 사과나무의 목소리에 하얗게 김이 서립니다. 이슬을
피해 푸른잠자리는 사과나무 아래서 잠들었던 것입니다.

-남에게 자신을 주는 법을 배워야 한다!

눈을 뜨는 순간 매미가 했던 말이 떠오릅니다.

밤새도록 생각했던 말입니다. 잠도 자지 않고 며칠 밤을 생각하고 또 생각했던 말입니다. 그 말을 떠올릴 때마다 오렌지코스모스 생각이 나서 가슴이 아픕니다. 그녀를 위해 아무것도 한 것이 없다는 생각이 자꾸 마음의 상처를 건드립니다.

"날 멸시하더라도 그 자리에 그대로 있어주기만 하면 좋겠어. 그렇게 청초하던 모습도 이젠 볼 수가 없어. 세상의 꽃들이 다 사라져버린 것 같아."

어젯밤 산이에게 푸른잠자리는 그렇게 말했습니다.

"세상의 꽃들이 다 무의미해졌어. 모든 게 다 사라진 것 같아."

"아니야, 사라진 게 아니야."

힘이 빠진 잠자리를 보며 산이는 아니라고 고개를 내젓습니다.

"아무것도 사라지지 않아. 단지 우리 눈에 보이지 않는 것뿐이야. 다시 돌아오기 위해서야 그건. 다시 돌아오기 위해 잠시 안 보이는 거란 말이야."

소리를 지르듯 바쁘게 산이의 손이 움직입니다. 뭔가 소리 지르고 싶은 일이 있을 때 산이가 하는 방식입니다. 말을 못하는 아이는 그렇게 바쁘게 손을 움직여 소리를 지르는 것입니다.

"부딪치지 마, 부딪치지 마! 산은 그렇게 말하고 있어. 달빛이 자꾸 부딪치면 잠을 잘 수 없거든. 달빛이 환한 밤엔 눈이 부셔 산은 잠을 이루지 못해."

춤추듯 움직이던 산이의 손가락이 달을 가리키며 말합니다. 잠자리를 위로하고 싶었던지 지난밤 아이는 늦도록 잠들지 않았습니다.

"저렇게 밝을 땐 달님도 기분이 좋다는 얘기야. 바람이 몹시 불 땐 별들도 추워서 잠을 못 자. 추운 날 별들이 더 초롱초롱한 건 그 때문이야. 기분이 상한 날 바람은 사납게 소릴 질러대곤 해. 모두들 그렇게 제 방식대로 마음을 표시하는 거야. 산이나 나무는 색깔로 말을 해. 옷 갈아입을 때가 가까워오면 온 산이 빨갛게 물드는 것은 그 때문이야. 그땐 옷을 갈아입도록 가만 둬야 돼. 머지않아 겨울이 올 테니까 말이야."

그제야 잠자리는 빨갛게 물들어 있던 단풍나무를 더 잘 이해할 수 있었습니다. 발밑에 수북하게 쌓여 있던 이파리 또한 옷 갈아입을 때가 되어 그랬던 것이라는 사실을 깨닫게 된 것입니다.

"귀를 대고 들어봐. 그러면 친구들의 소리가 들릴 거야. 네 친구들은 아무도 사라지지 않았어."

어느새 바닥에 엎드린 아이가 손짓하며 푸른잠자리를 부릅니다. 달빛을 받은 레일이 반짝반짝 은빛 노래를 부르고 있습니다.

"누군가의 가슴에 남아 있는 한 아무것도 사라지는 것은 없어. 돌아갈 뿐이야. 이 별에 우리는 잠시 머물다가 가는 거야. 그건 정말 사라지는 것과는 달라. 햇빛 때문에 보이지 않던 하늘의 별이 햇빛이 들어가면 다시 나오는 것과 같이 보이지 않는다고 사라진 건 아니야. 엄마는 그걸 순환이라고 불렀어. 아침 이슬이 공기 속에 섞이는 것처럼. 그래서 물기를 머금은 그 공기가 다시 차가운 기운과 만나 이슬로 내리는 것처럼 말이야. 모든 건 그렇게 돌아가는 것뿐이야. 기다림이 있는 한 사라지는 것은 없어. 꽃들도 봄이 되어 다시 돌아오기 위해 그렇게 떠날 뿐이야."

매미가 했던 말과 비슷한 이야기였습니다. 침묵을 통해 단련된 아이의 영혼은 놀랄 만큼 조숙합니다. 시인은 산이의 그런 영혼을 가슴 속에 어른이 숨어 있다고 말했습니다. 어른의 마음속에 아직 자라지 않고 있는 아이가 들어 있는가 하면, 아이의 마음속에 깊고 커다란 가슴을 가진 어른이 숨어 있는 경우도 있습니다. 세상이란 산속엔 커다란 나무가 빽빽한 숲이 있는가 하면, 작은 짐승이 목을 축이는 옹달샘도 숨어 있는 법입니다.

귀를 대고 들어봐. 친구들의 소리가 들릴 거야.
네 친구들은 아무도 사라지지 않았어.

"난 이제 쓸모없는 나무야! 내 열매들은 익지도 않고 다 떨어지고 말았어!"

지난 밤 산이와 나누던 이야기를 떠올리고 있던 잠자리를 현실로 돌려놓은 건 사과나무의 푸념 소리입니다.

"넌 내 발밑에서 잠들어 있었어. 그렇게 여관 구실이나 할 뿐 난 이제 제대로 된 열매 하나 생산하지 못하는 쓸모없는 나무가 되고 말았어."

사과나무는 그만 울먹이기 시작합니다. 익지도 못한 채 떨어진 열매들이 여기저기 쌓여 있습니다. 흐느끼는 나무에게 푸른잠자리는 위로의 말을 건넵니다.

"아, 아니에요. 아니에요, 사과나무 할, 아니 사과나무 아저씨. 왜 그런 생각을 하는 거예요. 아저씬 쓸모없는 나무가 아니에요."

"아니긴 뭐…… 다 알고 있어. 이제 아저씨라고 부르지 않아도 돼. 늙은 게 사실인걸. 이름만 사과나무일 뿐 제대로 사과를 만들어내지도 못하는 주제에 늙지 않았다고 고집만 부렸어."

"하지만 아저씨, 아니 할아버지. 할아버지는 아직도 한참 더 사실 수 있잖아요."

"더 살 수 있다고? 내가?"

"그럼요. 사과를 만드는 건 이제 젊은 사과나무들에게 맡기시면 되잖아요. 할아버진 할아버지대로 따로 할 일이 있을 거예요."

"어떤 일?"

변덕을 부리듯 사과나무의 얼굴 빛깔이 붉으락푸르락 바뀌고 있습니다.

"할아버지의 경험을 젊은 나무에게 가르쳐주는 일. 그런 것도 좋지 않을까요? 젊다는 건 배울 것이 많다는 말이니까요. 삶에 서툰 젊은 이들에게 가르침을 베푸는 것. 그게 할아버지 몫이 아닐까요?"

잠자리의 말에 귀 기울이던 사과나무가 생기를 되찾으며 환호합니다. 사과나무는 어린아이 같이 시시각각 변합니다. 어쩌면 나이가 든다는 건 다시 어린아이가 되는 일인지도 모릅니다.

"가르침을 베푼다? 그것 참 좋은 생각이구나. 네 말이 맞아. 서툴다는 건 남을 배려하지 않고, 남에게 상처를 주기 쉽지. 그건 이기적인 일이야. 요즘 젊은 것들은 지나치게 영악해서 탈이거든. 우리가 젊었을 땐 그래도 순진한 구석이 있어 좋았는데."

사과나무가 다시 가슴을 펴는 순간 처음 본 새 한 마리가 가지 위로 앉습니다.

"두 분 이야기하는 모습이 보기 좋군요."

149

처음 보는 새는 그렇게 말했습니다. 새에 대한 두려움 때문에 몸을 움츠리던 푸른잠자리는 곧 마음을 바꿉니다. 기다리던 기회가 찾아왔구나, 잠자리는 그렇게 마음을 다잡습니다. 끝내 산이 엄마를 찾지 못한 것이 마음에 걸릴 뿐 더 이상 아쉬울 것도 없는 삶입니다.

"넌 이름이 뭐니?"

처음 본 새에게 사과나무가 물었습니다.

"*꼬까참새예요.*"

새가 대답했습니다.

"*꼬까참새?* 그것 참, 이름 한번 예쁘구나. 물론 네 할아버지가 지은 이름이겠지? 그렇게 좋은 이름을 지을 수 있는 것도 다 오래 살았기 때문에 경험이 많아서 그런 거란다."

처음 본 *꼬까참새*가 귀여운지 사과나무가 웃으며 말합니다.

"아니에요, 사과나무 님. 제 이름을 지어준 건 할아버지가 아니에요. 새들의 이름은 다 인간들이 짓는답니다. 처음엔 농부들이 짓다가 요즘엔 학자들이 짓고 있어요."

"학자?"

"네. 학자 중에서도 조류학자."

"조류학자? 식물학자란 이름은 들어봤어도 그건 처음 듣는 이름이구나."

"새 이름을 지어주며 먹고 사는 사람들이죠. 우리 발목에 가끔 고리를 채워놓기도 해요. 그들은 반지라고 우기지만 반지가 아니라 그게 고리라는 걸 우리는 잘 알고 있어요. 그렇지만 사냥꾼보다는 훨씬 선량한 사람들이죠. 총 대신 카메라나 망원경을 들고 우릴 찾으니까요."

"발목에 고리를 채워?"

처음 듣는 이야기에 솔깃해진 사과나무가 꼬까참새를 바라봅니다.

"말하자면 운항일지 같은 거죠. 인간들은 내가 어디서 출발해 어디로 왔는지 고리를 보고 알아내거든요. 우린 멀리멀리 바다 건너까지 장거리 여행을 하니까요."

"바다 건너?"

바다 건너라는 말에 솔깃해진 건 잠자리였습니다. 언젠가 기차에게 들은 적이 있던 말입니다. 자기는 위험하게 바다를 건너는 일이 없어 다행이라며 기차는 안도의 숨을 내쉬곤 했습니다.

"꼬까참새야, 하나 물어봐도 될까? 바다를 건너면 뭐가 있는데?"

용기를 내어 잠자리가 참새에게 묻습니다.

"또 다른 세상이 있지. 멀고 먼 곳엔 따뜻하고 넓은 땅이 있어."

겁 먹은 잠자리와 달리 *꼬까참새*는 별반 잠자리에게 관심이 없는 듯 보입니다.

"넌 그렇게 먼 곳까지 단숨에 날아가니?"

바다를 건널 만큼 먼 거리를 날아가 본 적이 없는 잠자리는 꼬까참새의 이야기가 신기하기만 합니다.

"아무리 큰 새라도 단숨엔 힘들어."

노란색 턱을 까닥거리며 꼬까참새가 대답합니다.

"그럼?"

"가다가 섬에서 쉬어가기도 하고 그러지."

"섬이 뭔데?"

"바다 가운데 있는 휴게소야. 고속도로를 달리는 인간들이 차를 세워놓고 잠깐 먹거나 마시기 위해 들르는 휴게소 같은 곳이 섬이야."

장거리 여행을 많이 해본 꼬까참새는 과연 아는 것도 많습니다.

"섬은 그럼 너를 도와주는 고마운 곳이구나?"

"그렇긴 하지. 그렇지만 따로 떨어져 있다는 면에서 우린 모두 서로에게 섬이야."

"서로에게 섬이라고?"

"그래. 알고 보면 우린 다 멀리, 따로 떨어져 있는 고독한 존재들이니까."

꼬까참새의 귀여운 얼굴에 잠깐 그늘이 스쳐갑니다.

"그렇지만 휴게소에서 고독을 느끼는 인간들을 찾아보긴 힘들잖아?"

"그렇지. 새들의 휴게소와 인간의 휴게소는 다르니까. 인간의 휴게소는 고독이나 휴식보다 사고 파는 일에 더 치중하거든. 인간은 고독과 휴식도 사고 팔아야 마음이 놓이나 봐. 그래서 인간을 경제적 동물이라고 부르는 거지."

"경제적 동물?"

"응. 돈 버는 것에 가장 큰 가치를 두는 동물을 뜻하는 말이야. 계산만 맞으면 마음까지도 사고 파는 게 경제적 동물의 특징이야. 계산을 하느라 그들은 고독을 느낄 시간이 없어. 휴게소란 이름을 붙여놓았지만 제대로 쉬는 법을 알 리도 없지. 팔고 사기 위해 한순간도 마음을 쉬어서는 안 되니까."

넓은 세상을 본 꼬까참새에게 잠자리는 자꾸 궁금한 것들이 생깁니다.

"그런데 말이야, 한 가지 묻고 싶은 게 있어. 넌 왜 날 잡아먹으려 하질 않니?"

"잡아먹어? 내가 널? 왜?"

눈을 동그랗게 뜨고 꼬까참새가 반문합니다.

"새들은 잠자리 요리를 좋아하잖아."

"내가 잠자리 요리를 좋아한다고?"

쩍쩍거리는 소리를 내며 꼬까참새는 웃음을 터뜨립니다.

"웃기지 마. 잠자리도 요리라고 할 수 있니? 난 비린내 나는 건 안 먹어. 내가 즐기는 건 식물성 음식이야. 난 식물의 종자 같은 깨끗한 걸 좋아한단 말이야."

뜻밖의 말이었습니다. 하기야 처음 만난 새의 식성을 무조건 육식으로 몰아붙인 건 예의에 어긋나는 일이긴 합니다.

"미안해. 난 네가 육식을 좋아하는 줄 알았어."

"넌 아마 육식 하는 새만 본 모양이구나."

"잡아먹힐까봐 두려워서 그랬어. 세상엔 잠자리 요리를 즐기는 새들이 생각보다 많으니까."

"난 순수한 채식주의자야. 그리고 나그네새지. 곧 길을 떠나야 하니까 너 같은 잠자리를 잡아먹을 시간도 없어. 추위가 닥치기 전에 빨리 따뜻한 남쪽으로 가야 해."

그 말을 마친 꼬까참새는 정말 떠날 듯 푸르르, 날개를 펴며 꼬리를 쳐듭니다.

"아, 아니야. 잠깐! 잠깐만!"

얼른 꼬까참새를 가로막으며 잠자리가 소리쳤습니다.

"응? 왜 그러지?"

"미안하지만 날 잡아먹을 새를 소개해주고 떠날 순 없겠니?"

"널 잡아먹을 새?"

이상하다는 듯 꼬까참새가 좌우로 고개를 까닥거립니다.

"응. 부탁이야. 잠자리 요리를 좋아하는 새를 소개해줘. 나를 보기
만 하면 바로 잡아먹을 수 있는 새."

"이상한 아이구나. 잡아먹을 새를 소개해달라니? 왜 잡아먹히고
싶어 하는 거니?"

"바다를 건너고 싶어서."

"바다를 건너고 싶다고?"

"응. 잡아먹히면 새의 배 속으로 들어갈 거니까."

"새의 배 속에 들어가서 바다를 건너겠다 그 말이니?"

"응."

그러나 마음속 깊이 숨겨놓은 진심은 그게 아닙니다. 품고 있는 생
각을 함부로 말하고 싶지 않았을 뿐 푸른잠자리는 굳게 결심한 바가

있습니다.

"이해할 수 없지만. 꼭 그래야 되겠니?"

"응 꼭, 부탁이야."

"그러면 철새를 소개해야 되겠구나?"

"철새?"

"바다를 건너가는 철새 말이야."

"철새들은 육식만 하고 채식은 하지 않는 거니?"

"꼭 그렇지만은 않아. 나 같은 채식주의자도 있고, 대체로 이것저것 닥치는 대로 먹는 걸 좋아해."

"육식성이면서 그럼 꽃씨 같은 걸 함께 먹는 새도 있니?"

"그런 새야 많지."

"그런 새를 소개해줄 수 없겠니? 기왕이면 그런 새에게 잡아먹히고 싶어."

갸우뚱거리며 푸른잠자리를 바라보던 꼬까참새는 한참 뒤 생각이 난다는 듯 입을 열었습니다.

"정 네가 원한다면 소개해줄 순 있어. 그 친구는 특히 잠자리 요리를 즐기니까. 그리고 꽃씨나 곡식의 씨앗도 즐겨 먹지. 한마디로 잡식성이야. 그렇지만 그 아이도 벌써 남쪽으로 떠났을지 몰라."

"이름이 뭔데?"

"개개비야. 나보다 덩치가 큰 새지."

"개개비? 어디서 듣던 이름인데?"

개개비란 이름을 듣자 기억나는 게 있습니다. 단풍나무로부터 처음 그 이름을 들었습니다. 철길 쪽으로 날아가던 개개비를 보는 순간 본능적으로 일어나던 두려움 또한 잠자리의 기억 속에 각인되어 있습니다. 조심하라고 말하던 단풍나무의 음성이 기억 한쪽에서 꿈틀거리며 일어납니다.

"이름부터 튀잖아. 나처럼 얌전하게 꼬까참새, 이런 게 아니고 개개비가 뭐니. 이름만큼 행동도 튀는 아이야."

우습다는 듯 하하거리며 꼬까참새가 말합니다.

"그렇구나. 개개비가 어디 있는지 알아봐줄 순 없겠니?"

"떠날 때가 지났는데 철새라서, 아직 여기 있는지는 나도 잘 모르겠어."

둘의 이야기를 듣고 있던 사과나무가 끼어든 건 그때였습니다.

"아직 떠나지 않았어, 개개빈. 어제도 내 가지에서 쉬다 갔는걸 뭐. 며칠 안으로 떠날 거라며 작별인사를 하러 다니는 길이긴 했지만."

그 말을 들은 잠자리의 표정이 환하게 밝아졌습니다.

"역시 할아버진 세상에 꼭 필요한 나무가 분명해요. 그러니까 새들이 다 할아버지한테 와서 휴식을 취하는 거죠. 그런데 어디 가면 개개비를 만날 수가 있을까요?"

"그건 모르지. 나야 이 근처밖에 더 아는 데가 있어야지. 늘 한곳에만 붙박여 있으니까 말이야."

다시 불만스런 표정을 지으며 사과나무가 땅바닥을 원망스럽게 바라봅니다.

"걱정하지 마. 그건 내가 알아."

꼬까참새가 말했습니다.

"떠나지만 않았다면 개개빈 물가에 있을 거야. 강이나 호수 같은 델 가면 만날 수 있지. 헤어스타일에 신경을 쓰느라 늘 머리를 바짝 세우고 다니는 새가 바로 개개비야. 갈색 옷을 입고 황갈색 부리를 가지고 있어."

잠자리 머릿속으로 퍼뜩 들꽃에게 편지를 전하러 가던 강변이 떠올랐습니다. 한때 시인이 찾아가 소리를 질렀다는 강변도 아마 거기일 것입니다.

"강가로 찾아가 봐. 남쪽으로 떠나지 않았으면 개개빈 분명 그 어딘가에 있을 거야. 그럼 안녕! 난 이만 갈게. 바다를 건너다 개개비를 만나면 개개비 안에 네가 있다고 생각할게."

시간이 없는 꼬까참새는 그런 말을 남기고 재빠르게 떠납니다. 사과나무에게 작별을 고한 잠자리도 개개비를 찾아 날아갑니다. 강 쪽으로 날아가던 잠자리는 강 위에 놓인 다리를 보자 산이 엄마를 찾아다니다 목격한 장면 하나가 떠오릅니다.

다리가 있는 강가에서 목격한 일입니다.

"웬 사람이 교각에?"

다리 위는 사람들이 타고 온 자동차로 꽉 막혀 있었습니다. 다리 쪽을 향해 날아가던 푸른잠자리는 높다란 교각 위에 사람이 올라가 있는 것을 보고 깜짝 놀랐습니다.

남루한 옷차림의 사내였습니다.

"내려와요, 내려와!"

뛰어내릴 태세인 사내를 향해 사람들이 소리를 지르고 있었습니다. 그러나 그런 소동엔 아랑곳하지 않고 사내는 비장한 표정으로 한 발, 한 발 교각 끝으로 걸어 나갈 뿐입니다.

상황의 심각성을 깨달은 푸른잠자리가 쏜살같이 사내를 향해 날아갔습니다.

"아저씨, 뛰어내리지 마세요. 뛰어내리면 안 돼요! 아저씬 잠자리가 아니에요. 아저씬 날개가 없잖아요."

그 순간 사내가 힐끗, 잠자리를 쳐다봤습니다.

웬 잠자리가?

사내의 눈은 그렇게 말하는 것 같았습니다. 그러나 사실은 그게 아닐지도 모릅니다. 그런 상황 속에서 잠자리 같은 게 눈에 보일 리가 없습니다.

―이것만이 유일한 출구다! 뛰어내리기만 하면 모든 것이 끝난다! 뛰어드는 순간 모든 고통에서 벗어날 수 있다!

사내의 귀엔 그렇게 유혹하는 강물소리가 들렸던 건지도 모릅니다. 사내도, 시인도, 어쩌면 그 모두가 한 번쯤 그런 유혹에 빠진 적이 있을지도 모릅니다. 산다는 건 때로 커다란 산을 등에 지고 가는 것 같이 힘든 일이니까요.

푸른잠자리는 비로소 교각 위를 걸어가던 사내의 막막한 심정을 이해할 것 같습니다.

강으로 뛰어내리는 사람의 심정…….

그러나 그건 아닙니다. 그날 교각 위로 올라갔던 사내는 결국 다시 내려왔습니다. 꽉 막혔던 다리 위의 자동차들도 제 갈 길을 가고, 누군가의 부축을 받으며 사내는 강물을 등진 채 비틀거리며 걸어갔습니다.

그러나 잠자리가 개개비를 찾아가는 마음은 그때 그 사내가 마음먹던 그것과는 차원이 다른 것입니다.

- 삶이 소중한 건 가슴속에 사랑을 키우고 있기 때문이다!

몇 번이나 매미가 남긴 말을 되새겨봤는지 모릅니다. 푸른잠자리는 지금 매미의 가르침을 행동으로 옮기기 위해 개개비를 찾는 것입니다.

삶이 소중한 건 가슴속에 사랑을 키우고 있기 때문이란다.

꽃 피지 않아도 따뜻했던 날들

키 작은 꽃을 보기 위해

무릎을 꿇고 몸을 낮추듯

그렇게 우리는 세상과 만나야 합니다.

꼬까참새 말대로 개개비는 강가에 있었습니다.

뭘 찾아다니는지 분주하게 움직이고 있는 개개비를 먼발치서 바라보는 잠자리의 마음은 그야말로 만감이 교차합니다.

"빨리 도망가! 개개비는 보는 즉시 널 잡아먹을 거야."

강가에 서 있는 나무들이 놀라서 소리를 지릅니다.

"잠깐만 피하면 돼, 푸른잠자리야. 저 앤 곧 떠날 거란 말이야."

피하지 않는 잠자리가 안타까운지 다시 다급한 소리로 나무들이 재촉합니다. 들꽃의 편지를 배달하던 시절, 커다란 그늘로 휴식처를 만들어주던 고마운 나무들입니다.

"피할 필요 없어. 난 내 발로 개개빌 찾아온 거야."

"네 발로 찾아왔다고?"

"응."

"너 지금 제정신이니? 개개비는 지금 양식이 떨어져 몹시 굶주린 상태야. 이것저것 가리지 않고 닥치는 대로 주워 먹고 있단 말이야. 그런데 널 발견해봐. 순식간에 넌 개개비 배 속으로 들어가고 말 거야."

푸른잠자리는 잘됐다고 생각합니다. 닥치는 대로 주워 먹고 있다면 정말 개개비의 배 속에서 꽃씨를 만날 수도 있겠구나 하고 희망을 품어봅니다.

"푸른잠자리야, 안 돼! 빨리 숨으란 말이야. 빨리!"

만류하는 나무들의 고함소리를 뒤로 한 채 잠자리는 개개비가 한눈에 볼 수 있는 바위 위로 날아가 앉습니다.

"이것 봐라? 아직도 살아 있는 잠자리가 있네?"

뜻밖에 나타난 먹이에 환호하는 개개비의 박수 소리가 나뭇가지를 흔들며 잠자리를 향합니다. 갑작스런 상황에 놀라 강물도 흐름을 멈춘 채 숨을 죽입니다.

"맛있는 잠자리야. 꼼짝 말고 거기 있거라!"

마치 반가운 친구를 만난 듯 손뼉을 치며 개개비는 순식간에 날아옵니다. 꼬까참새의 말처럼 정말 머리털을 바짝 치켜세운 새입니다. 날개를 활짝 펴고 날아오는 개개비를 보는 순간, 푸른잠자리는 본능적으로 공포에 질려 옴짝달싹하지 못합니다.

불현듯 지금까지 자신이 잡아먹은 벌레들의 모습이 눈앞을 스치고 지나갑니다. 그들도 아마 이런 공포를 느꼈을 것입니다.

그들에게 미안하다는 생각을 하는 것도 순간, 탄환처럼 날아온 갈색 날개가 어느새 눈앞의 모든 공간을 덮어버립니다. 커다랗게 벌린 개개비의 부리 속은 빨갛게 불을 토해내는 불구덩이 같습니다.

"그래. 날 잡아먹고 힘을 내 남쪽으로 가라!"

잠자리는 질끈 눈을 감고 소리를 지릅니다. 감긴 눈 속에서 필사적으로 한 번 오렌지코스모스의 얼굴을 떠올려봅니다. 떠올리기만 해도 행복하던 시절이 바람처럼 지나갔습니다.

-오렌지코스모스를 닮은 꽃의 거름이 될 수도 있다!

푸른잠자리가 마지막으로 한 생각은 그것이었습니다. 꽃을 피우고 싶다는 뜨거운 열망이 잠자리의 가슴을 벅차게 만듭니다. 푸른잠자리는 타오르는 열망에 스스로를 던진 것입니다.

꽃씨와 함께 새똥이 되어 흙에 묻히겠다는 생각.

싹트길 기다리는 꽃씨의 거름이 되겠다는 생각.

"오렌지 꽃을 피우고 싶다!"

온 몸을 던져버린 잠자리의 절규가 불꽃처럼 사방을 태워놓습니다.

"오렌지 꽃을 피우고 싶다…… 오렌지 꽃을 피우고 싶다…….”

나뭇가지에 부딪힌 그 소리는 물결치며 강의 얼굴에 작은 주름을 그려놓습니다. 메아리가 채 사라지기도 전에 푸른잠자리는 시뻘건 개개비의 부리 속으로 삼켜지고 맙니다.

순간적으로 모든 것이 끝났습니다. 삶과 죽음의 경계란 그렇듯 쉽게 지워지는 금 같은 것일 뿐입니다. 푸른잠자리의 영혼은 이제 낡은 옷 같은 몸을 훨훨 벗어버립니다. 파랗게 갠 하늘 한쪽에서 조각구름 하나가 오렌지코스모스가 있던 길 쪽으로 둥실 밀려갑니다.

잠자리를 삼킨 개개비는 이제 힘을 내어 먼 길을 갈 수 있습니다. 움켜쥐고 있던 나뭇가지를 놓아버리며 휭, 강의 건너편을 향해 비상하는 새의 날갯짓에 힘이 실립니다.

마지막 편지

아무것도 아니기에 나는

내 생의 전부다.

아무것도 아니기에 나는

그 모든 것이다.

"아빠, 새똥이 떨어졌어."

하늘을 바라보던 산이가 산 모퉁이를 가리킵니다.

"새똥이 떨어져?"

시인의 손이 따뜻하게 아이를 어루만집니다. 기차를 타기 위해 두 사람은 역으로 가는 중입니다.

"저기 저 새야. 개개비가 그랬어."

갈색 날개를 편 새 한 마리가 새로 들어선 골프 연습장 쪽으로 휭,

날아가고 있습니다.

높이 쳐놓은 연습장의 그물 속엔 동그랗고 하얀 공들이 바쁘게 날아다니고 있습니다. 친구인 줄 알고 다가가던 새들은 그물에 부딪치는 공을 보고 깜짝 놀라 달아납니다.

"푸른잠자리가 죽었어, 아빠."

떨어진 새똥을 보며 산이가 말합니다.

"푸른잠자리가 죽었다고?"

"응. 새똥이 되어 떨어졌어."

금방이라도 울음을 터뜨릴 듯 슬픈 표정을 짓던 아이는 쪼그리고 앉아 흙을 파기 시작합니다.

"여기다 새똥을 묻어야 해, 아빠."

"슬픈 일이구나. 살아 있는 모든 것은 다 죽음을 맞이해야 하니. 작별인사조차 못 하고 이렇게 또 한 생명을 보내는구나."

"너무 슬퍼하진 마 아빠, 잠자리는 곧 꽃이 되어 돌아올 거야. 흙을 너무 깊게 파면 안 돼. 싹이 쉽게 나올 수 있도록 얕게 파야 해. 잠자리의 소원이 이루어질 수 있도록. 봄이 오면 싹이 날 거야. 싹이 트면 금세 꽃도 필 거야, 아빠."

슬픔에 잠겨 있던 아이는 꽃 이야기를 하는 동안 미소를 짓습니다.

호수에 조약돌 하나 던지듯 퍼져나가는 미소는 엄마가 있는 먼 곳을 향해 번져갑니다.

-꽃이 피면 엄마가 돌아올 거야. 엄마는 기차를 타고 남쪽으로 갔으니까.

아이의 미소는 그런 말을 담고 있습니다.

-이번에 가면 꼭 그 사람을 만나고 와야지.

아이의 미소를 보며 시인은 그렇게 다짐합니다.

-마음을 다해 대화를 해봐야지.

그런 다짐 또한 시인이 한 것입니다.

-서로를 이해하지 못해 일어난 갈등일 뿐 다시 시작할 수 있다고 말해야지.

그 또한 시인이 몇 번씩이나 자신을 타이르며 했던 다짐입니다.

혹시나 아이를 실망시킬 것이 두려워 말 못하고 있을 뿐 시인은 이제 곧 기차를 타고 아내를 찾아갈 것입니다.

"까치 소리가 들려, 아빠."

새똥을 다 묻은 아이가 건너편을 가리킵니다. 하얗고 작은 아이 손가락 끝으로 감나무가 보입니다. 주렁주렁 달렸던 감들은 다 떨어지고, 나무는 이제 꼭대기에 몇 개 남지 않은 홍시를 매달고 있습니다.

"까치가 깍깍거리고 갔어, 아빠."

아이가 다시 까치 이야기를 합니다.

"까치가 깍깍거렸다고?"

"응. 반가운 소식을 전해주려고 까치들이 찾아왔나 봐."

산이의 시선에 새싹 같은 설렘이 묻어납니다. 산이를 그리워하고 있을 엄마의 창 앞에도 깍깍거리며 까치가 다녀갔을지 모릅니다. 엄마가 보고 싶은 아이의 간절함은 이제 곧 만남이라는 현실을 끌어당겨 올 것입니다.

단풍잎 같이 손 흔드는 아이를 남겨둔 채 시인은 이제 기차를 탑니다. 달려가는 기차가 언젠가 종착역에 닿듯 이제 이 이야기도 종착역에 다다를 때가 되었습니다. 가을 또한 종착역에 다다르면 서리가 내릴 것입니다. 세상의 모든 잠자리는 다 자취를 감추고, 온몸 가득 서리를 맞은 사과나무는 서서히 겨울옷을 꺼내 입겠지요. 이상한 일이지만 나무들은 여름엔 옷을 꺼내 입고 겨울엔 오히려 입고 있던 옷을 벗

173

어버립니다. 그렇지만 모든 일엔 예외가 있습니다. 영하의 기온을 맨 몸으로 견딜 수 있는 젊은 나무와 달리 추위가 두려워 옷을 껴입는 늙은 사과나무를 이치에 맞지 않다고 나무랄 수만은 없는 노릇입니다.

　수많은 예외가 세상을 움직여갑니다. 그리고 그 예외 속에서 수많은 생명들이 순환합니다. 새로 난 것들이 사라지고, 사라진 것들은 또 제 계절이 오면 다시 피어날 것입니다. 한자리에 영원히 머무를 수 있는 것은 아무것도 없습니다. 변하지 않는 것 또한 아무것도 없습니다. 영원히 우리 가슴을 아프게 할 수 있는 것도 아무것도 없습니다.